全編
書き下ろし短編集

泣く女

李起昇

全編書き下ろし短編集

泣く女

李起昇

装丁／組版　野村道子（bee's knees-design）

日の柱

獲物小屋には三人の猟師がいた。三人は山あいから昇る太陽を拝もうと、東の空に向いた。三人の顔を日の光が照らす。彼らはその時、太陽が丸では無く、家の柱のように四角い形をしているのに気が付いた。三人は直ぐに村に向かった。日も高くなって三人は村に着いた。村は既に大騒ぎだった。長老の家に行き、山で見た光景を話した。

「お日様が家の柱みてえに、細長く伸びちょりました」

長老はいう。

「ここからも見えた。いい伝えでは、海が山裾までやってくる兆しだ。地震があり、それから海が山までやっててくる。海の民はみんな山に逃げてくる。それで海と一緒に嫁子がやってくるという、いい伝えがある」

山彦が長老に聞いた。

「海の民は、このことを知っちょるじゃろうか？　知っとれば山に逃げてくるが、知らんかったら、いつも通りの生活をして、みんな海に飲まれてしまうんじゃなかろうか？」

長老はいう。

「知っとるじゃろ。知らんはずがないじゃろう」

山彦はなおもいった。

「いい伝えが失われていたら、逃げなきゃならんということを知らんじゃろ？　みんなが逃げる準備をしているか、見に行ってはどうじゃろうか？」

　他の若者も、

「おう、知らんかもしれん」

「見に行っちゃろ」

　などと合いの手を入れた。

　山彦、与作、家守と井守が山を下った。一日中、山を歩いて、星空の下に故郷の山影を見た。彼等はお堂の祠に入って仮眠を取った。夜が明けて海に降りた。道行く人に聞くが、誰も津波が来ることを知らなかった。地引き網を引いている集団に山彦は確かめたが、ここでも誰も津波のことを知らなかった。

「おめえら」

　と海彦がいう。潮に赤く焼けた肌をしている。

「魚を安く仕入れようとして適当なことをいってるんじゃないのか？」

　網を引きながら、鯛助が追い打ちを掛ける。

「この村のもんがみんな逃げた後で、空き巣にでも入ろうってんだろ。騙されんじゃないぞ」

コチ丸がいう。

「行商の奴らがいっていたが、山の奴らは干物一匹でも必ず値切るそうじゃ。大して買わないのに、ケチを付けて、値切る。そんな根性の腐った奴らが、俺たちのためだけを思って、一晩中歩いてここまで来るか？　騙されるんじゃないぞ」

山彦たちは体が疲れているところに全員から盗人のような目で見られて精神的に参ってしまった。それで砂浜から村に入る木立の陰で休むことにした。

与作がいう。

「この村にはいい伝えはないんじゃろうか？　過去に地震や津波に遭っているじゃろうに、どうして誰も知らんのじゃろうか？」

井守と家守もいう。

「不思議じゃのう」

「不思議じゃ」

そこへ娘が通りかかった。山彦は呼び止めて聞いた。

「昨日の朝の太陽は、柱のように四角くなっていたじゃろう？」

娘は頷く。そして、

「みんな、不思議がっていたけど、今朝は元に戻ったから、もう誰も何にも思わん」

「津波が押し寄せてくる、といういい伝えは、この村にはないんかの」

「津波？　さあぁ」

「どうして海の人間がそれを知らんのじゃ」

と、山彦は慨嘆して砂を握りしめた。ふと娘が思いついたかのようにいった。

「津波が起こると、海の人間はみんな山に逃げるんじゃろ？」

山彦は頷く。

「いい伝えではそうじゃ」

娘はいった。

「みんな山に逃げたら、村には誰も居らんごとなる。その後によそから来た人が空き地があるからと住むようになったら、その人たちは津波があったということを知らんじゃろ」

「それだ！」

山彦は右の拳を左手の手の平で叩いた。与作、井守、家守も口々に同意した。山彦はいう。

「俺たちは遠い昔の伝承を受け継いでいるけれど、ここの人たちは、今しか知らないんだ」

「そうだ。そうに違いない」

与作がそういい、井守が受ける。

「そうなると、どうやってみんなを納得させることができるんだ？　山を見たことがない人間に言葉だけで山を教えるようなもんだぞ」

家守がいう。

「言葉だけで見たことがないものを説明するのは難しいぞ」

娘は名前を「オト」といった。彼女は山彦たちがいうことを信じた。しかし海辺の人たちに津波が来るということをどうやって教えたものか分からなかった。与作がいう。

「長老なら津波のいい伝えぐらい知っとるじゃろう」

オトが受ける。

「長老さまは津波というのは知っちょる。じゃけんど、お日様が柱のようになったら地震が起こって、津波が来る、ということまでは知らん」

山彦はいった。

「そうなるまでに一度山に逃げて生活したらどうかの？　地震と津波が収まってから戻ればええ」

「じゃけんど」

とオトは厳しい顔をする。その顔を山彦は美しいと思った。オトは続ける。

「とにかく一回長老のところに行ってみよう。長老がどういうか聞いてみよう」

皆はオトの案内で長老の家に入った。長老は白髪で長いひげを蓄えていた。彼は囲炉裏端で説明を聞いてから、いった。

「地震が起こるのが、明日なのか、一月後なのか、一年後なのか分からない。その間皆は漁もできず、山で畑仕事をしなければならん。長引けば自分たちの食べるものにも困る」

山彦がいった。

「この村に津波の伝承が残ってないということは、地震は村の直ぐそばで起こって、逃げるまもなく津波が起こってみんな死んだということじゃろうと思います。太陽が柱のように長く伸びたら津波が山まで押し寄せてくるということを、山の民だけが知っているというのがその証拠です。津波はいつ来るか分かりませんが、いずれ必ず来ます。逃げるなら今の内です。今の内に一旦逃げて、それから津波の後で戻ればいいんです」

「しかしこの村だけで二百人は居るぞ、それだけの人間をあんたの村で、一月も一年も養えるんか?」

「一月ぐらいなら皆で何とかやりくりできます。それ以上長引くようだと、作物が足りんごとなりますが、何とか工夫して皆で分け合いましょう」

「考えは立派じゃが、長引けば諍《いさか》いが起こり、いずれは殺し合いになるじゃろう。陸《おか》の食べ物は魚と違って、直ぐに手に入れることはできん。少なくとも植えてから三ヶ月ぐらいしないと収穫できない。非難生活が長引けば、殺し合いになる。そうなればお前達は儂たちを救っておきながら殺さなければならなくなるぞ」

山彦を始め、山から来た者たちは黙り込んでしまった。土間のオトの後ろから海彦が上がってきた。話を聞いていたようだった。彼はどかっと座るなりいい放った。

「いつ起こるか分からん津波を心配するぐらいなら、水に浮く浮き家を作った方がましじゃ。十人ぐらいが入れる浮き家を二十作ればいいんじゃ。そうしたらみんな助かる」

「それは違う」

と山彦。

「波でそんなものは叩きつぶされてしまうじゃろう。その証拠に、この村には太陽が柱になったら津波がやってくるという伝承がない。みんな死んでしもうたから、いい伝えが残ってないんじゃ」

「じゃからというて、何ヶ月も村から離れることはできん」

与作が横から口を出す。

「津波は明日かもしれん」

海彦は背筋を伸ばして答える。

「そうとも、そしてそれは来年のことかもしれん。誰にも分からんことじゃ」

長老が口を開いた。

「子供たちだけでも逃がすというのはどうじゃろうかの」

海彦は血相を変えた。

「こいつらが新手の人買いじゃないという証拠はないぞ。こいつらが人買いで子供を連れ出すためにこんなでたらめをいっているとしたらどうするんじゃ」

山彦はいう。

「あんたらもお日様が縦に長く伸びたのを見たじゃろ？　人買いがそんな日を狙って動いていたら商売にならんじゃろ？」

「いや、たまたま目にした奇怪な現象を利用しているのかもしれん。俺たちはお前達を知らんのだ。どうやって信じろというんだ」

沈黙が続いた。オトが口を開いた。

「私が行く。私がこの人たちの村に行って、話が本当か嘘か見てくる」

海彦は反射的にいった。

「お前まで売られるぞ」

「売られてもええ。私はこの人たちを信じる。嘘をついちょるとは思えん」

翌日、津波の噂を心配した親の子供たち数人とオトとは、山に向かった。峠にさしかかる頃、ゴーと大地が揺れ動いた。下を見ると、海が山を駆け上がってくるのが見えた。

子供たちは山の村で暮らし、オトは山彦の妻になった。それ以来今日までお日さまは丸い形を保ったままだ。

科挙

金仁守《キムインス》は村が見えてから足を速めた。庭に駆け込むようにして入ると、鶏が驚いて竹の鶏小屋に飛び乗った。

「あら、あなた」

と妻の朴英淑《パクヨンスク》が驚いた顔で振り向く。彼女は夫の顔を見ただけでソウルでの試験の結果を悟った。今年も駄目だったのだ。

「めしをくれ」

妻は台所に入ると、粟の飯と汁それにキムチを膳に乗せて運んだ。夫は黙々と飯を平らげた。食事が終わると、夫は妻を見ていう。

「なあ、五十両ないか？」

「五十両？　そんなお金うちにはありません。何に使うんです？」

「うむ」

夫は庭の外に目をやる。なだらかな九龍山《クリョンサン》の山影がある。彼は話し始める。

「科挙はもう駄目だ。賄賂を払えない貧乏人は、どれだけ良い答案を書いても採用しては貰えない。このまま田舎で朽ち果てていくのは、ご先祖様に申し訳がない。九龍山の寺を通るとき、大きな石に人の名前を彫っていた。石工に聞くと五十両で名前を彫ってやるという。もうそんなことでもしないと私は自分の名前を後世に残すことができない。いや、そうしてでも私は自分の名前を後世に残したい。五十両、何とかならんか」

妻は深い溜息をついた。家族五人が食べていくだけで精いっぱいなのだ。嫁ぐときに持ってきた着物や装飾品は遠の昔に売り払ってしまった。考えたところで五十両の当てはなかった。

金仁守はぷいと家を出て村はずれの城隍堂《ソナンダン》に向かった。欅の老木に赤や黄色の布がだらりと垂れている。木の前には小さな石が積み上がっている。村人はここに来て石を一つ積み、色んなことを祈る。旅人もここを通るときに石を一つ投げて積み上げる。そして旅の安全を祈る。

城隍堂の裏手にムーダンの家がある。月姫《ウオリ》の家だ。庭に近づくと、丁度左手にあるお堂から彼女が出て来たところだった。

「元気か」

と彼は聞いた。月姫は彼と幼馴染みである。同年代だから初老の域だが、未だ二十歳の生娘のように美しい。

「相変わらずよ。また試験に落ちたのかい」

ずけずけとものをいう奴だ、と思う。

「うむ、落ちた」

それから、

「もう科挙はやめだ。俺のような貧乏両班《ヤンパン》では合格などできん。夢のまた夢だ。ついては月姫《ウオリ》、五十両貸してくれんか？」

「五十両？　そんな大金、何に使うんだい」

「九龍山《クリョンサン》の岩に俺の名前を彫って貰う。そうでもして自分の名前を残す以外に、俺には名前を残す方法がない」

月姫は彼の顔を見ていう。

「馬鹿だね。昔はまともだったのに、両班という仕組みがあんたを馬鹿にしたんだね。そんなことして何になるの」

「俺がこの世に存在したということを後世に残せるじゃないか」

「残してどうするの？」

「どうするって、両班は名前を後世に残さなければならんのだ」

「とにかく、私にはそんな金ないよ」

「そんなこといわずに、貸してくれよ」

「お金ないってば。仮にあったとしても、あんたに返せる当てはあるのかい？」

彼は困った。そして苦しそうにいう。

「ない。ないよ」

「それで金を貸せって？　虫が良すぎないかい？」

「だからおまえに頼みに来たんじゃないか？」

「あんたに貸すような義理なんてないよ」

「ほれ、そのう、むかし、いい仲になった事があるだろう？」

彼女は彼を睨み付ける。

「あんたみたいに馬鹿な男を、ほんの一瞬でも好きだったことがあるってのが私の汚点だよ。それをいまいう？　その上に金を貸せ？　馬鹿にすんじゃないよ」

「悪かった、謝る。な、だから機嫌を直して、五十両貸してくれ」

彼女はあきれ顔になってから、そして、ふと思い出したことをいった。

「金令監《キムヨンガム》のところの隠居が、目の前でまぐわうところを見せてくれるなら二百両出すといってるよ」

「まぐわう？　そのう。男と女がする、あれか？」

「ああ、それよ。どうする？　私とやって、二百両稼ぐかい？　百両やるよ」

「馬鹿なことをいうな。あれは人に見せるようなものではない」

「それを見せてやれば、二百両貰えるんだよ。あのじいさん、それで若返りの精力を得ようというんだ。若い妾を抱くことも出来ないから、そうやって奮い立たせようというのさ。考えてみれば人助けだよ」

「そんなの、人助けでも何でもない。道徳のかけらもないだけだ」

「それに金令監は、幼い女の子を探しているよ。両班の娘で初潮前なら、千両出すといっている。隠居は幼い子を抱いて寝て、子供から精気を吸い取ろうというわけだよ。年寄りの親を元気づけるためだもの。親孝行だよ。どうだい？　あんたんとこの娘」

「ばかにするな。貧乏はしてるが両班だ。あまりにバカにしたことをいうと、ただではおかんぞ」

「親孝行に協力しようというだけなのに、それがどうしてバカにしたことになるんだい？」

「だめだ。うちの娘を売るなんてとんでもない」

「売るわけじゃない。爺さんが死んだら戻してくれるさ」

彼は一瞬考えた。

「いや、駄目だ。そんなことをしたら嫁に出せなくなる。絶対に駄目だ。幼い娘が必要なら、自分とこの奴婢の娘でもあてがっておけばいいんだ」

「令監が欲しいのは両班の娘だよ」

「駄目だ。絶対に駄目だ」

「じゃあ、金儲けの道はないね。銭は相手が望むものをやらないと貰えないんだよ。腹が減っている者にはめしを食わせて銭を貰い、精気を補いたい者には薬や幼い女の子をあてがって、銭を貰う。あんたは誰かが欲しいという何かを持っているかい？　論語や自尊心を誰かに売りつけたことがあるかい？」

ううむ、と彼は考え込む。

「ないだろ？　あんたは一文にも成らないんだよ」

「俺は無価値だというのか？」

「ゼニだけで見たらそうだよ。一両の金でも稼げない男は、無能だよ。そんな男は、老人にまぐわう姿を見せて稼ぐぐらいがおちさ」

彼は怒りで言葉を出せなかった。彼女は続ける。

「それとも、もう立たなくなったのかい？」

彼は怒りを堪えた。それから気分を変える。彼は彼女を見据えて静かにいった。

「試してみるか？」

女の顔色が変わる。こちらを探るように見る。彼は続けた。

「まだ昔みたいに使えるかどうか」

それから一時間ほど、二人は彼女の部屋で抱き合った。彼女が髪をなおしながらいう。

「どうしてこんなに合うんだろうね。両班でなかったら、あんたと一緒になってたよ」

「俺も同じだ。女房には悪いが、お前としていると、絶頂で精液が出終わったと思っても後から後から続けて湧き出てくる。快感が何度も続くんだ。女房の時の何倍も出る」

「それでだね。まだ漏れてくるよ」

と自分の下を手拭いで拭う。彼女は箪笥から何かを出し、彼の前に投げた。十両の束だった。

「持って行きなよ。それしかないよ」

彼は旅支度をして九龍山の寺に向かった。寺の近くに傾いた草葺き屋根の家がある。庭で石工が石の形を整えていた。金仁守はいう。

「ゼニの工面ができなくてな。十両で何とかならんか？」

　石工は手を止めて彼の顔を見る。

「十両？　そんなんじゃ何にもできないよ」

「小さい文字でも良いから、何とかならんか」

　石工は金槌を石の上に放り出して、立ち上がる。

「坊主に二十両渡して、酒と肉を持って行ってやらなければならないんだ。それだけで少なくとも三十両はいる。俺の儲けは二十両だ。それで半年は彫り続けなければならん。合う話じゃないよ。十両じゃ酒代にもならない」

「坊主が……坊主のくせに、酒を飲むというのか」

「飲むさ。肉も食らうさ。人間だもの」

「しかし坊主だろ？」

「だから坊主も人間だって」

　ううむ、と彼は腕を組む。石工はいった。

「とにかく五十両というのは最低の金額だ。それより一文足りなくてもできないよ」

　金仁守は庭を見渡した。そしていう。

「鏨《たがね》と、金槌《かなづち》を売ってくれんか。自分で彫ることにする」

　石工は考える。

「売ってもいいけど、寺の近くでは彫れないよ。坊主がうるさいからね。裏山なら大丈夫だろう。だけど裏山は、虎や狼が出るよ。夕方は早めに切り上げて山を降りるんだね」

「分かった。そうしよう。で、幾らだ」

「十両といいたいところだけど、五両に負けとくよ」

　彼は五両払って、金槌と鏨を持ち、九龍山の裏山に向かった。背中の荷物を下ろし、硯を出して墨をすった。それから道行く人に見える岩に自分の名前を書いた。何日かかるか分からないが、彫り続けるつもりだった。

　数日後、旅の商人が声を掛けてきた。

「自分の名前を刻んで、何になるんです？」

　彼は答えなかった。

「畑を耕せば大根やなすびでも手に入れられるけど、石を彫ったところで腹が減るだけだろうに」

　彼は尚も答えなかった。凡人には分からないことだと無視することにした。

また数日して、今度は旅の坊主が声を掛けてきた。

「儒学のどういう教えから岩に名前を刻むという行為が出て来るのかの？」

金仁守はふと鏨を打つ手を止めた。坊主を見る。全身埃まみれで顔は無精鬚に覆われている。彼はいう。

「孝だろうな」

「名前を彫るのが親孝行かね」

「私の名前が残れば、私の両親を記念することになる。親孝行だろう」

「それで親が喜ぶかね。他人が喜ぶかね。道行く旅人たちのために『火の用心』とでも彫った方がまだいいんじゃないかね」

「馬鹿をぬかせ。名前を彫る方が重要だ」

坊主はふむ、と頷いてから聞く。

「学問を修め、科挙を受けて官僚になるのは何のためだ？」

「それは出世をして、栄耀栄華を得るためだ」

「民百姓にいい暮らしをさせるためではないのか？」

「表面的にはそうだ。しかし本当は自分がいい暮らしをするためだ」

「なるほど、あなたは正直な人のようだ」

「高位高官と成って最後に願うのは自分の名前が後世まで伝えられることだ。しかし私は試験官に賄賂を渡せるだけの余裕がない。試験には通らないと覚悟をした。だからこうして岩に自分の名前を刻んでいる」

「名前は、何かをなしたから残るのであって、それはつまり民百姓が言い伝えるものだろう。何もしてないのに名前だけ残しても意味が無いだろうに」

「才はあっても世の中に受け入れられない人間がいたということは残せる」

「あなたに才があると、どうして分かる?」

「自分が知っている。天が知っている」

「その才は、民百姓のために使ってこそ、才ではないのか」

彼は答えなかった。坊主は続ける。

「官につくのも、民百姓が安んじて暮らせるようにするためだろう。科挙に落ちたなら、落ちた者として才を生かす道があるだろうに、岩に穴を開けるだけとは。私には、あなたには才能が無いように見える」

「科挙に落ちた者に何ができる」

「村人のために溜池を掘ることができるだろう。田に水を引く水路を作ることもできるだろう。生活が苦しい人に食物を分けてあげることもできるだろう」

彼は鼻で笑った。

「両班に労働をしろというのか？　それに自分の生活が苦しいのに、人に飯を与えられるか。馬鹿なことを」

「人生どれだけ生きても百年だ。腹一杯以上のものは食べられず、部屋が幾つあっても一つの部屋でしか寝ることはできない。人間には自ずと限界がある。限界を知れば、自分の胃袋や衣服から離れることができるだろう。岩に自分の名前をうがつ必要も無くなる」

彼は坊主に聞いた。

「それであなたは幸せなのか？」

坊主は高らかに笑った。

「幸せを求めようという心そのものが無くなってしまった。風が吹くまま、足の向くままだよ」

そういって坊主は去った。

来る日も来る日も彼は岩に自分の名前を刻み続けた。最初は、「くそったれ、くそったれ」

と毒づきながら彫っていた。その内に何も考えてない自分に気が付くようになった。自分の心を探ってみたが、彼は不幸ではなかった。不思議だった。しかし怒り無しに彫り続けることはできない。彫り続けるためには世間に対する恨みが必要だった。

女の悲鳴を聞いて我に返った。声がした方に反射的に駆け出す。女が虎に襲われていた。鑿と金槌を振り回している。自分に食事を持ってきたのだろうと察しがついた。木のたらいに入れた食物が散乱している。自分に一度虎を退けた。女は自分の女房だった。虎が襲いかかってくる。彼は鑿で虎の喉をついた。必死だった。虎の動きが止まった。彼は大量の返り血を浴びていた。

「大丈夫か?」

妻は声もなくガクガクと頷いた。

彼が虎を仕留めたという噂は直ぐに村中に知れ渡った。彼はその虎を郡守に捧げた。郡守は彼を現地採用の文書係として雇った。毎日彼は役所に出て、記録を録り続けた。報酬は月に二十両だった。それで何とか親子は暮らせるようになった。時には賄賂も入ってきたので、そんな時には酒も飲めた。

自分の名前は彫りかけたままだ。完成させようという気は失せてしまった。郡守は地元の妓生と毎晩のように遊んでいる。自分は何とか飯が食える程度だ。

郡守は地方の両班から多額の賄賂を得ていた。地方の両班は賄賂を出すために領民たちから搾取していた。それは正義ではなかった。しかしそれをいうと郡守の機嫌を損ね、臨時雇いの職を失いかねなかった。彼は見ない振りをし、聞こえないふりをし、そして何もいわなかった。そうしていればめしは得ることができた。

彫り掛けの岩はずっと心に引っかかっていた。しかし再開する気にはなれなかった。自分の能力を知ったということなのだろうか？　と彼は考えた。私は自分で思っていたほど優秀ではない。そう気が付いたから名前を残そうという気力も萎えてしまったのだろうか？　妻は自分に助けられてからは前にも増してかいがいしくなった。しかしたまに抱いてみても月姫ほど気持ちよくはないし、燃えなかった。人生はこんなものなのか、と彼は溜息をついた。自分はなぜここに居るのか、何をしなければならないのか、そんなことを考える時間も徐々に減っていった。

子供が文字を習い、論語を朗読し始める。どこかで見た光景だ、と思う。

三国統一

阿東求《アドング》は高句麗安原王の第五十三代孫である。彼が二十歳の時に日本に国を奪われた。それを見て彼は独立運動に身を投じた。三一運動の時には独立宣言文の起草にも携わった。その後日本が満州に進出するのを見て、彼は考えを変えた。

朝鮮は高句麗を失って以来一度も失った土地を回復したことがなかった。日本の天皇家は古文書を読む限りは、高句麗の子孫だった。そんな日本の軍隊が満州を支配しようとしていた。

日本というのは、「朝鮮」という意味である。こういう事は普通の者は知らない。多くの古典を読んで始めて分かる。「朝鮮」というのは表音文字だ。漢字の字面そのものには意味が無い。漢字の音を借りているだけの言葉だ。日本でいうなら万葉仮名と同じだ。「朝鮮」は「チョッセン」を音訳したものだ。「チョッセン」というのは、始めて出るという意味であり、それはお日様が始めて出る場所を指している。だから朝鮮は「日いずる所」という意味になる。この言葉は百済が始めて用いた。倭国はその言葉が気に入って、自分たちの国の名前にした。

朝鮮は白衣民族だ。白というのは太陽の色だ。朝鮮の祖先は、太陽が最初に出る場所を求めて東進してきた。この地が「チョッセンか」もっと先が「チョッセンか」と大陸を東進してきた。

大陸の東に辿り着いた祖先たちを漢書は「粛慎」と記録した。粛慎の北に居たのが満州族で、南にいて半島に逃げ込んだのが朝鮮族だ。二つはもとは同じ民族だった。倭人は民族は違うが、「チョッセン＝朝鮮」の翻訳語である「日本」を自分たちの国名にした。それに天皇家は高句麗の血を引いている。日本もまた朝鮮とは無関係ではない。そんなことを知っていた彼は、広い意味での朝鮮族が、歴史上初めて失った土地を回復できる機会を得たと思った。

新羅の半島統一を朝鮮の歴史では三国統一といっていた。しかしそれは新羅が高句麗を倒したということを意味しているだけで、領土的には高句麗を除く二国統一でしかなかった。彼が知る限り、朝鮮は歴史上一度も三国統一をしたことなどなかった。阿氏一族の悲願は先祖の土地の回復だった。失った満州の土地を回復しなければ真の三国統一とはいえないと先祖代々教えられてきた。

彼は満州の建国大学で五族協和のために若者たちに知識を教えた。いずれ朝鮮族が力を得れば、日本を日本海に追い返して独立をする。かつて同族だった満州族と共に満州の土地を支配するのは朝鮮族である。その時始めて真の三国統一がなされる。

圧倒的に強かった日本軍はアメリカに簡単に敗れてしまった。朝鮮は独立したものの朝鮮戦争が起き、二十万冊に及ぶ彼の蔵書は焼かれ、息子たちも戦場で死んだ。高句麗の地を復活する望みは日本が負けたことで絶たれた。息子を失い、蔵書を失ったことで、子孫たちに望みを託す道も絶たれた。彼にはもう何もなかった。

久しぶりに論語を読んでいると、窓ガラスが割れる音がした。妻がやってくる。

「あなた、逃げましょう」

「どうした」

「親日派を糾弾するといって、デモ隊がこちらにやってきます」

家が揺れるほど外が騒がしくなってきた。彼は小さな声で、

「親日派か」

と呟き、そして考え込む。日本が支配していた当時、朝鮮にいて親日派でなかった者がどれだけいるだろうか？ 独立の志士は満州の間島で戦った。その流れを汲む者以外は親日派だ。いまはかつての親日派が、親日派だといわれるのを怖れて、誰かを生け贄にして血祭りに上げようとしている。彼はそう直感した。情けない民族だ。そんなことばかりしているから、失った先祖の土地も回復できないのだ。

「いわせておけ」

と彼は本に向き直った。自分を親日派にして、誰かが救われるのなら、そのぐらいの役には立ってやろうと考えた。叩き殺されるなら、殺されるまでだと思った。誰かを踏みつけにしないと、自分の身の安全を確保できない哀れな民族なのだ。

自分は確信して親日派になった、と彼は考える。朝鮮が千三百年間できなかった真の三国統一を日本が成し遂げようとしていた。先ずは三国統一。そして日本からの独立。そう考えたが、夢は破れ、親日派という結果だけが残った。

人生を諦めたような夫に向かい、妻は強い口調でいう。

「植民地時代に、朝鮮にいて親日派でなかった者がいますか?」

彼は妻を見て静かに頷く。

「だから自分だけは親日派だといわれないように、明らかに親日派だった者を糾弾するのだよ。そうやって自分だけは免罪されようとする。我が民族の悲しい性だ」

「あなたは、いわれるままに、親日派だと非難されているのですか?」

「私を非難することで親日派という魔女狩りから逃れられる者が一人でもいるなら、親日派だと糾弾されようではないか。も早、そのぐらいしか役に立つことがない」

妻は必死の顔でいう。

「子供たちが朝鮮戦争で死んだ今となっては、あなた自身がご自分の名誉を守るべきではないのですか?」

「名誉を守ったところで、満州の地は戻って来ない。死んだ子も生き返らない。私は三国統一という先祖伝来の夢に掛け、そして敗れたのだ。それだけだよ。そして親日派だというレッテルだけが残った。私を罵ることで救われる人間がいるのなら、罵られていればいいのさ」

「志あるあなたが罵られるのは我慢出来ません」

バリンとガラスが割れる音がして、こぶし大の石が足元に落ちた。

「離れたところに移ろう」

二人は居間に移り、そこに腰を下ろした。彼は妻にいう。

「私は日本を利用しようとした。しかし日本は利用する前に消えてしまった。志など、誰にも分からないさ。皆は私を親日派にすることで救われようとしている。私を殺して救われる者がいるなら、それは私の最期の働き場所かも知れない」

「私は口惜しいです」

「まあ、いい。そうやってこの国の民は生き残ってきたのだ」

「そんなことばかりしてきたから日本の植民地になったんでしょう」

「そうともいえるが、誰もそこまでは考えない。みんな目先のことで忙しい。自分が親日派だといわれる以前に、親日派を探し出して、そいつを血祭りに上げることで、自分だけは災難を避けようとしている」

デモ隊は大統領官邸前で、警察と対峙していた。中の警官一人が日本語でいった。

「チョウセンチン、トしようもない」

多くの人間が未だ日本語を知っていた時代である。デモ隊の前の方の者たちはその一言を聞き咎めた。その話が後方の者たちにまで伝わり、デモ隊は火がついたように警察隊に押し寄せた。警官の多くは植民地時代には日本人の手先となって同族を苦しめた人たちだった。お前たち親日派が国を売ったのだと、デモ隊は勢いを増して大統領官邸になだれ込む。

李承晩大統領は下野を表明した。

その騒動のお陰で阿東求は吊し上げを免れた。しかし次は分からなかった。

庶民は親日派のレッテルを貼られまいと、他人を親日派に仕立て上げるのに必死だった。

三国統一は夢のまた夢だった。彼は自分が夢を見、その夢を日本に託すしかなかったことが滑稽だった。先祖が失った土地は、もう永遠に取り戻せないのかも知れなかった。

虹

姜東一《カンドンイル》は麗水姜《ヨスカン》氏の第三十二代孫である。麗水姜氏は百済第二十九代の王、法王の第五子である宣を始祖とする。十二代めの姜水山《カンスサン》は高麗時代に中郎将を努め、蒙古侵略時の平《ピョン》壌《ヤン》城の戦いに於いて、最後まで降伏を拒否して討ち死をした。死後左司諫《チアサガン》を追贈された。

当時の世界帝国である蒙古に負けなかったのは、ベトナムと高麗だけだった、と聞かされたとき、姜東一は先祖を誇りに思った。彼は碌に学校に行ってない。歴史の知識は後に親しくなった朴昌植《パクチャンシク》から聞いて学んだものだ。朴昌植は日本に留学までしたインテリである。しかし故郷に戻った彼は、日本の禄を食むことを拒み、毎日無為に過ごしていた。

姜東一の生まれは慶尚北道河陽《ハヤン》である。庚戌《コウジュツ》年、日本でいう、かのえいぬの年に生まれた。この年は西暦では一九一〇年、明治では四十三年にあたる。彼の祖国が日本の植民地にされた年である。

彼は書堂《ソダン》という日本の寺子屋のような所に通い、漢籍の素養を身につけた。家が貧しかったので、十歳の時に大工の見習に出された。大邱《テグ》に仕事に出たときに、日本人がする河川の護岸工事をみて、大いに興奮した。十五歳の時に、丸山組に見習として就職した。丸山組は主に朝鮮北部で水利事業をしていた。彼は二十歳で結婚したが、妻と子供は故郷に置いて、父母の面倒を任せていた。家には仕事の区切りがつくたびに戻った。だいたい二ヶ月に一度ぐらいだった。

一九四五年。彼は三五歳になっていた。そろそろ地元に戻り、独立しようと考えるようになっていた。咸境南道《ハムギョンナムド》の咸興《ハムン》に近い所で貯水池を作る工事をしているときだった。昼飯を食べながら町の食堂で部下の金時鉉《キムシヒョン》がいった。

「日本もそんなに長くはないぞ」

席にはもう一人、朴昌植がいた。彼は姜東一より二つ年上だった。日本留学から戻った彼は、毎日遊んで暮らしていた。姜東一とは馬が合い、よく会っては酒を飲んでいた。姜東一は学問はなかったが、朴昌植と酒を飲みながら聞いたことから、多くのことを学んでいた。

かつて朴昌植はいった。

日本民族が朝鮮民族に手を出したのはあまりにも歴史を知らない所行だった。朝鮮民族は独立独歩の民族だ。過去に関わった国は全て痛い目にあっている。漢は二百年かけて追い出され、隋は高句麗との戦いに負けて国そのものが滅んだ。唐も遼も大打撃を蒙った。元も手を焼き、明も清も独立を保障せざるを得なかった。そんな歴史を知っていれば、日本は朝鮮には手を出さなかったはずだ。過去三千年間、どの世界帝国にも負けなかったのは朝鮮民族だけだ。

しかし日本支配下の当時は、いいたいことをいえる状況ではなかった。姜東一は金時鉉の「日本は長くない」という発言をたしなめた。皆は朝鮮語で話していた。

「大きな声でいうな、そんなこと。誰が聞いているか分からんぞ」

と姜東一は金時鉉にいった。

「誰が聞こうが構わんですよ。やっと我々は自分の国の主人になれるんですからね」

朴昌植も一つ頷いてからいう。

「日本はアメリカにやられっぱなしのようだ。私もそんなに長くはないと思うよ」

三人は声を落とし、戦況のうわさ話を肴に、マッコルリを飲んだ。姜東一は、専ら聞き役だった。三十分ほど経っただろうか、労務者風の男が近づいてきた。

「みんな、ご機嫌のようだな」

と、日本語が頭の上から聞こえた。なんだ、こいつは、と三人は男を見上げた。男は警察手帳を出した。

「ちょっと署まで来て貰おうか」

流ちょうな日本語だったが、発音からして、朝鮮人の刑事だった。警察に行ってから三人は、夜も寝かせて貰えず、ずっと殴られ続けた。その日の午後、工事現場では、現場監督の姜東一が現れなかったことから、彼の逮捕が明らかになった。丸山組の社長はソウルから駆けつけた。

姜東一が刑事に連れられて署長室に入ると、署長の横の長椅子に丸山社長がいた。姜東一の顔には殴られて幾つもアザができていた。

「親っさん、どうもすみません」

と彼は丸山社長に頭を下げる。署長は、

「どういう嫌疑で逮捕したのかね?」

と、朝鮮人の刑事に聞いた。刑事は得意げに答えた。

「日本が負けると、居酒屋で話していました。流言飛語の罪です」

署長は後ろ手のまま、ふうむと長い溜息をついた。少し沈黙が辛くなり始めた頃、署長は顔を上げていった。

「事実をいうのは、流言飛語ではない。釈放しなさい」

「え!」

その場にいた誰もが、腰を抜かさんばかりに驚いた。後で知ったことだが、この時署長はソ連が参戦したことを知っていた。それで日本はもうダメだと判断したのだった。

姜東一は工事現場に戻ると工事を続けた。十日ほどして日本は無条件降伏をした。金時鉉は部下を動員し、自分たちを竹刀で殴り続けた朝鮮人の刑事を捜した。飲み屋の女を連れて逃げようとしていた刑事は、他に恨みを抱いていた者に捕まえられていた。刑事は道ばたに土下座をして「許してくれ」と詫びを入れたが、皆の怒りは収まらない。それぞれが、てんでに殴った。金時鉉は、同族のくせに自分たちを日本人に売った刑事が許せなかった。それで自分の拳から血が出るまで殴り続けた。

刑事の服は破れ、顔の左半分は元の形が分からないぐらいに腫れた。それでも刑事は道ばたで正座を強いられていた。大粒の汗とも涙ともつかない水滴が地面にぼたぼたと落ちていた。姜東一は、居酒屋の椅子に座って外の光景を見ていた。朴昌植は白い朝鮮服に身を包み、背筋を伸ばして、静かにマッコルリを飲んでいた。姜東一は、金時鉉が刑事を殺しそうだったら、その時は助けに出ようと考えていた。

白い制服を着た警察署長が市場の角を曲がり、駆け足でやってきた。腰の剣がガチャガチャと音を立てている。彼は走ってきた勢いのまま刑事の前に膝から座り込み、そのまま皆に土下座をした。

「部下の不始末は、私の不始末だ。殴るなら、私を殴ってくれ」

大粒の汗の雫がいくつも地面に落ちる。金時鉉は拳を握りしめたまま、動けなかった。自分を捕まえて痛めつけたのは朝鮮人の刑事だが、釈放したのは日本人の署長だったからだ。彼はその場にくるりと背を向けると、姜東一が居る居酒屋に入った。それを見て、他の者たちもその場を去った。警察署長は、刑事を助け起こした。それを見て姜東一は、居酒屋を出て、署長の方に歩いた。これからどうするのか聞きたかったからだ。噂ではソ連軍がやって来て、日本人を捕虜にしているということだった。そのことも、本当かどうか署長に聞くつもりだった。署長が刑事の左肩を支えたとき、姜東一と署長の目があった。署長がいった。

「こいつを頼んでもいいか?」

姜東一は何のことか直ぐには分からない。署長は早口にいう。

「他にも殴られている部下がいるんだ。そっちに行かなければならない。頼んだぞ」

姜東一はボロボロになった刑事を支えた。

署長は急ぎ足で、腰の剣を鳴らしながら次の通りへ向かう。あちこちで朝鮮人の刑事や警官が殴られていた。それを救うために署長は奔走した。姜東一は刑事を居酒屋の奥の部屋に寝かせた。朴昌植がいう。

「署長は侍だな。日本人があんな人ばかりだったら良かったんだが」

姜東一は聞く。

「侍って、署長は武士の出なの？」

「さあ、それは分からん。噂では神主の三男坊で、家を継げないから警官になって朝鮮に来たということだ」

そうか、と三人は、署長のことを忘れ、これからどうなるのだろうと話し込んだ。ソ連兵がやって来て、それからどうなるのか？　それは誰にも分からなかった。

姜東一はソウルの本社に向かった。丸山社長は荷物をまとめて日本に引き揚げるということだった。当時五十歳ぐらいだった丸山社長はいった。

「各工事現場の重機や資材は、現場監督の退職金として与えることにした。だから現場のものは君の好きにしてくれ。これからは君たちが主人公だ。我々は去らなければならない」

姜東一は再び咸境南道の工事現場に戻った。労働者に丸山社長の文書を見せた。そして工事現場の機材は自分のものだから、勝手に持ちだした者は罰する、と告げた。問題は工事代金だった。朝鮮は独立したが、その煽りで日本という発注主が居なくなってしまった。

残りの代金は回収できるのかどうか分からなかった。恐らく駄目だろう。それに、新たな工事を受注できるのかどうかも分からなかった。発注主はソビエトになるのか、朝鮮になるのかも分からなかった。姜東一は社長になったものの、その実態は失業者だった。

どうしたものかと迷いつつ、居酒屋でマッコルリを飲んでいると、腕に「自警団」の腕章を付けた若者数人がなにやら議論をしていた。聞くともなく話の内容が耳に入ってくる。

「日本人のみんなが悪かった訳じゃない」

「それはそうだが、ソ連が足止めの命令を出したのは、強制労働をさせるためらしいぞ。俺たちは独立したのに、何でソ連が口を挟んでくるんだ?」

「日本人はさっさと日本に戻るべきだし、誰だって故郷が恋しいはずだ」

「皆に集まって貰ったのは相談があるからだ」

青年達の方を見ると、団長らしき若者が口を開いているのが見えた。

「鈴木署長はいつも俺たちの側に立って仕事をしていた。朝鮮人の刑事たちとは大違いだ。あの人だけでも無事に日本に送り届けてあげたいと思う。途中では通過する日本人から金や荷物を取り上げる追いはぎまがいのことが行われているそうだ。俺たちが一つ守って、日本に送り届けてあげようじゃないか」

「それはいいが、俺たちも日本まで行くのか?」

「それは無理だろう」

「そこまではできない」

と、あちこちで声が上がる。

「元山《ウォンサン》までだな、元山までなら守ってあげられる」

この話を横で聞いていて、姜東一は決心した。彼は警察署長を連れて元山まで行く仲間に入れてもらった。元山から先は彼が釜山まで連れて行く約束をした。故郷が慶尚南道《キョンサンナムド》だから、一度戻って家族の様子も見たかった。ここに残っていても、仕事があるかどうか分からない。彼は会社を金時鉉に任せ、鈴木署長とその家族を日本まで送り届けることにした。向こうが侍なら、こちらは倍達《ペダル》民族の誇りを見せなければならない。そんな義侠心もあった。

倍達というのは古代の朝鮮を指す言葉である。倍達民族というのは日本人が大和民族というのと同様のいい方だった。後に日本で朝鮮出身の空手家が「倍達《ますたつ》」と名乗って世に出たが、それは自分の出自を示したものだと、同じ朝鮮人には直ぐに分かった。

姜東一が住んでいた地域の日本人の避難所は、もとは小学校だった所だ。咸興から少し離れた村だった。二十世帯ほどが毛布で空間を仕切って、暮らしていた。数日後には咸興に合流することになっていた。しかしそこに行けば、ソ連に連れて行かれるという噂だった。日本人は怯えていた。

姜東一は団長と共に鈴木署長を訪ね、逃避行を提案した。すると、鈴木署長は、

「君たちの気持ちは涙が出るほどありがたい。しかし私は、この地域の責任者だ。自分だけ逃げるというわけにはいかない」

姜東一は考える。二十家族、百人近い人間を連れて移動するのは危険が大きすぎる。無理だ。彼はいう。

「署長、署長の考えは立派だが、現実を見て欲しい。我々だけで全員を連れて三十八度線を越えるのは無理だ。かといって署長が残ったところで、ソ連軍の捕虜が一家族増えるだけのことでしかない。残るのは犬死にですよ」

署長は一つ頷き、諦めたようにいう。

「船長は犬死にだと分かっていても、船と運命を共にするものだよ」

「船長の役割をするのは軍隊ですよ。しかしその軍隊が先を争って逃げ出しているんです。署長は乗客ですよ。逃げてもいい乗客です」

「いや、国の禄を食んできた以上は、船長ではなくても、船員にはなる。やはり自分が先に逃げることはできない」

その時は一旦説得を諦めた。姜東一は夜になって再び署長を訪ねた。満月が林の上に上がってきた頃だった。明るい月明かりの校庭の隅から林に入り、彼は話した。村の若者たちは背後で取り囲むようにして二人の話を聞いていた。

「ソ連軍は日本人を捕虜にして、強制労働に使うようです。収容所に入れられると死にますよ」

鈴木署長は大きく溜息をついたまま、何もいわなかった。姜東一は続ける。

「時には卑怯者になりませんか？　署長だけでも生き延びて、このひどい時代を後世に伝えなければならないんじゃないんですか？　みんな死んで、何の記録もなければ、ここにいる全員が、存在しなかったのと同じになるんですよ」

署長は振り向いて、明かりがちろちろと漏れている校舎を見た。姜東一はもう一押しする。

「大石内蔵助は恥を晒して生き延びて、大義を全うしたじゃないですか？　船とともに死ぬことだけが人生じゃないでしょう？」

うう、と署長は苦しそうに呻いた。姜東一はいう。

「いいですね。逃げますよ」

署長は崩れるように力なく頷いた。

皆が完全に寝静まるまで待つことにした。署長は木の根元に座って、自警団の若者が持ってきたマッコルリを飲んだ。三時頃、署長は妻の肩を揺すり、寝ている二人の子供をそれぞれで抱いて、学校から出て来た。自警団の若者が子供を抱きかかえ、署長の家族四人は、暗闇の中を南に向かった。

姜東一は自警団の若者五人と、先頭を歩いた。彼らは元山を目指した。後ろには署長の家族四人が続く。普通に歩けば三日ぐらいの距離だった。

途中でよその村の自警団に何度も出会った。そのたびに何とか説得して、無事に切りぬけることができた。しかし三日目に比較的大きな村を通りかかった時に、その村の者がいった。

「おまえら日本人だろ。持ち物を検査する」

そういわれて、こちらの団長がいう。

「この人たちは日本人でも良いことをした人たちだ。だから我々が守って、元山に送り届ける所だ」

「日本人にいいも悪いもあるか」

　団長はひるまずに説得する。

「俺たちはこの国の主人になったんだ。日本人を綺麗に帰してやろうじゃないか」

「我々の国から搾取したものを持って帰るのは許さん。荷物検査だ」

「お前たちには、義理も人情もないのか。日本人にやられたことを日本人にそのまま返していたのでは、日本人と同じじゃないか？　礼節の国の民とはいえんぞ」

「盗人に荷物をそのまま持たせるのは礼節とは関係がない」

　押し問答が続いた。お互い疲れが見えてきた。姜東一は自分のポケットから紙幣を取り出し、

「これでタバコでも買ってくれないか」

　と、相手の団長のポケットにねじ込んだ。

「本当に良い日本人だから、これだけの者が守って日本に返そうとしているんだ。その気持ちに免じてここを通してくれよ」

　相手の団長は迷った。姜東一はもう二枚お札を団長のポケットにねじ込んだ。

「後で皆でマッコルリでも飲んでくれ」

　団長は一歩下がり、大声で、

「通してやれ」

　といった。鎌や鍬、棍棒で武装した二十人ほどの若者はしぶしぶ道を空けた。

　夜になると農家の片隅を借り、団長以下、村の若者が担いできた米で食事を採った。そうやって何とか四日目に元山に着いた。皆は船の待機所に入った。定期便の出港はいつになるか分からなかった。姜東一は村の若者たちと手分けして、近くの漁船に当たった。二日後、署長家族と姜東一は貸し切った漁船に乗った。岸では五人の若者が涙を流しながら別れを惜しんだ。

　船の中で、署長は過ぎゆく岸を眺めながら姜東一にいった。

「今の私は、芥川龍之介の蜘蛛の糸の罪人のようなものだ」

　姜東一はその小説を知らなかったので、どういう話かと聞いた。署長はあらすじを説明した。それから、

「私はきっとあの罪人のように、蜘蛛の糸が切れて地獄に落ちるに違いないと思っていた。途中で襲われて殺されるだろうと、思っていた。そうなってくれと、半ば願っていたよ。

しかし図らずも日本にたどり着けそうな、成り行きだ。君たちには感謝している。善意からしてくれたことだ。それに私も同意した。だが、罪を犯してまで生き残るというのは、何とも複雑だ。自分だけ生きて、どの面下げて村に帰れるだろうか？　私は帰れないよ。どこか誰も知らない土地で生きて行くしかないだろう。あの時蜘蛛の糸が切れなかったとしたら、芥川龍之介は、どんな小説を書いただろうか。そんなことを考えてしまう」

姜東一は何もいえなかった。自分たちが善意でしたことが新たな罪人を作ることになろうとは夢にも思わなかった。複雑な思いを抱きながら一方では、日本人てのは、なんてくそまじめな奴らなんだと中腹だった。素直に、いま生きていることを喜べばいいものを、とも考えた。

漁船は小さなぽんぽん船で江陵まで行った。江陵《カンヌン》は三八度線の直ぐ南に位置する町だった。そこからは徒歩と汽車の乗り継ぎになる。姜東一は署長家族を連れ、何とか釜山《プサン》までたどり着いた。釜山ではアメリカ軍の上陸用舟艇に乗せた。日本人を満載した船が、釜山の港から見えなくなるまで、彼は波止場に立って見送った。目を上げると雲間に虹がかかっていた。署長を日本に送り返して、彼の心には一つの区切りがついていた。そこに虹が見えた。これからは良いことが起きるかも知れないと、漠然と考えた。

姜東一は釜山までの道すがら、折にふれて鈴木署長と話をした。哲学的な話は江陵までの船の中でした一回きりで、他は世間話だった。

鈴木は第一次世界大戦後のドイツのことを話した。

「食パンを買うのに、荷車一杯のお札を持っていかないと買えなかったそうだ。同じ事が日本や朝鮮でも起こるだろう。金《かね》の価値は下がり、物の値段は信じられないぐらい上がるだろう。これからは金《かね》よりも、物を持っていた方がいいと思うよ」

「じゃあ故郷で田や畑を買うのがいいですかね」

「いやあ、土地を買うのなら、都会の土地だろう。土地は都会から値上がりするよ」

それもそうだと彼は深く頷いた。

彼は故郷に帰るや、両親に現下の状況を話し、妻には、

「家にある現金を全て集めてくれ」

と指示した。それから彼は釜山に出た。日本人が去ると聞きつけてその家を買い、妻と子供を呼んで、そこで暮らすことにした。他にもいくつか土地を買った。

一月ほどして朴昌植の家の下男が彼を訪ねてきた。下男から手紙を受け取り、彼は咸興《ハムン》の状況を知った。自警団の団長は、日本人を逃がしたという罪で革命委員会から処刑され

ていた。朴昌植は両班《ヤンパン》の出だったので、プロレタリアートの敵として毎日集会に呼び出され、吊し上げに合っていた。共産主義者の下では暮らせない。南に行きたい。建築用の機械と資材は、党に接収されたとあった。金時鉉は朴昌植の家にいるとも書いていた。

手紙を読み終えた姜東一は、直ぐさま下男と共に咸興へ向かった。妻は止めたが、彼は聞かなかった。朴昌植と金時鉉を見捨てることはできなかった。三人は共産党が支配する村を脱出し、三八度線を越えてソウルに入った。ソウルは混乱していた。このまま朝鮮に残るか、あるいは日本に行くか？

金時鉉は朝鮮で建設業を続けようといった。これから国が発展して行くには不可欠の産業だから、必ず儲かる、というのだった。朴昌植は日本に行くことを主張した。祖国は北と南に分断寸前だ。南は南で金九《キムグ》が政権を取るのか、呂運亨《ヨウニョン》が政権を取るのか分からない。最近アメリカからきた李承晩《イスンマン》はアメリカを後ろ盾にしているからこれも分からない。これだけ混迷している中で事業を続けるのは大変だ。日本に行って、そこで捲土重来を期すのが妥当ではないか？　というのだった。

三人は釜山から密航船に乗った。日本に着くと鈴木署長が行くといっていた埼玉を目指した。しかし結局鈴木署長とは再会できなかった。

日本は既に復興に向けて動いていた。彼は一月ほど労働者として働いてから、直ぐに朝鮮人や日本人の労働者を束ねる飯場を始めた。

　ある日のことである。駅前の一角で若い女が中年の男に向かって何か訴えていた。

「ここは、私の土地です」

　と、女はいっている。掘っ立て小屋の前に立つ男がいう。

「焼け野原で何にもなかったんだ。誰の土地だか分かるものか。俺は前から住んでいたから、この辺りだと思って囲っただけだよ。ここがあんたの土地だという、何か証拠でもあるのかい？」

「権利書があります。それに私はこの町内の人はたいてい知っています。あなたを見るのは今日が初めてです」

　と、若い女は小さな風呂敷包みから権利書を取り出した。周りには人垣ができていた。

男は鼻先で笑った。

「こんなもの、偽造したらそれまでじゃないか。現在の所有者を登記所で証明して貰わないと」

　姜東一は、そこで一歩前に出た。

「あんたね。登記所も裁判所も焼けて何もないんだぜ。それを持って来いというのは、無茶な話だ。それに今は物がない時代だ。これだけの紙を使って、権利書を偽造できるものか。この人の方が正しいと考えるのが普通だろ？」

男は姜東一を睨んだ。

「お前は何者だ。関係ない奴は黙っとれ」

「目の前でこの人の住む場所が盗まれようとしているんだ。黙っているわけにはいかんよ」

後ろで、そうだ、そうだ、という声が幾つか聞こえた。

「俺は昔からここに住んでいたんだ」

「じゃあ、あんたが前からここに住んでいたといってくれる人はいるのかい？」

男は一度息を吸い、勢いをつけてから、

「ああいるとも」

姜東一は女を見る。

「奥さんは？」

「居ます。一緒に疎開した人で、何組かの家族がよそに住んでいます。その人たちにいえば直ぐにやってきます」

姜東一は女に頷き、男を見た。

「おっさん、あんたの負けのようだな。この町内にいた人たちと警察に行って、首実検をされる前に出て行ったらどうなんだ？　この地区を担当していた巡査や郵便局員もいるだろうから、おっさんの嘘は直ぐにばれてしまうぞ」

男は地面を見て、小さく、

「チェーギラル」

といった。それは姜東一の耳にだけ届いた。くそったれという意味の朝鮮語だった。こいつも同じ朝鮮人かと、彼は男を見た。男は笑顔を浮かべていった。

「そうか。どうやら俺の勘違いかも知れない。荷物を片づけて出て行くよ。周りがこれじゃ、どこがどこだか分からんよ、全く」

男は焼け野原をぐるりと指差して、照れ隠しのような苦笑いを浮かべた。

男は板戸を開けてバラックの中に入った。妻らしき女と、子供二人が居るのが見えた。姜東一の心が少し痛んだ。しかしだからといって他人の土地を盗んでいいというものではない。

姜東一が助けた女が、

「どうも有り難うございます」

と、深々と頭を下げた。彼女は是非お礼がしたいといったが、姜東一は遠慮した。逆に飯場に呼んで、闇物資のハムや缶詰、それに紅茶などを振る舞った。

女は住田郁代と名乗った。夫は中学の先生をしていた。当時の中学というのは、今の高校である。夫は徴兵されて満州に行った。音信が途絶えて一年以上になる。噂ではシベリアに連れて行かれたということだった。生きていることを信じて待たなければならないと彼女はいった。彼女には子供が二人いた。上が女の子で十歳、下が男の子で七歳だった。住田郁代は三十歳だった。

姜東一は闇物資を住田郁代に分け与え、食堂を開かせた。物のない時代だったから、食堂は大繁盛をし、お陰で家を建てることができた。ある夜、姜東一は、店じまいをした店で、郁代を引き寄せて抱きついた。彼女は抵抗しなかった。二人は蒲団に入って、互いをむさぼった。郁代は赤線の女とは違う普通の女だった。芝居気のない嬌声に、彼は満足した。久しぶりに女を抱いた、という実感があった。その夜から姜東一はその家で住田郁代と同棲を始めた。

姜東一はある日横須賀に人夫と一緒に出かけた。現場に大きく「丸山組」と書かれた看板があった。彼はもしかしてと「親っさん」を探した。あの丸山組かどうか確かめながら、彼は親っさんを探した。そして米軍基地の中の工事現場で指揮を取っている親っさんを見つけた。

「おやっさん」

そう呼びかけると、丸山は彼の方に向いた。そして不思議そうな顔をする。

「田中か？」

「はい、田中です」

「え？　あ？」

と丸山は頭を振る。

「俺は朝鮮にいるのか？」

と訳の分からないことをいう。

「日本ですよ」

と姜東一は笑顔で答える。

「自分も親っさんのあとを追って、日本に来たんです」

「そうか」

と丸山の顔が明るく弾けた。彼は姜東一の手を固く握りしめた。彼は田中建設と名乗り、丸山組の下請けに入った。朝鮮戦争が起きて仕事量が何倍にも増えたとき、彼は金時鉉、朴昌植の三人で頑張ってきたという意味を込めて、三協建設株式会社を設立した。株式は姜東一一人が持った。それは朴昌植のアドバイスによるものだった。姜東一は朴昌植を専務とし、金時鉉を常務にした。朝鮮戦争の間に、会社は急激に成長した。

郁代との間に子供が生まれた。男の子だった。朝鮮人にとって男子は宝である。しかし彼は朝鮮にすでに家族が居る。郁代との子供は自分の子供というより、同棲相手の子供という感覚しか湧かなかった。それに、もし責任を取って郁代と結婚でもしようものなら、子供は朝鮮人になってしまう。日本人から生まれたのに朝鮮人にされるのでは、子供も堪ったものではないだろうと考えた。日本で朝鮮人として生きるのは、両手を縛って相撲を取らされるようなものだ。彼はそう考えたので、子供たちは郁代の子供としたままで、自分の子供とはしなかった。

この件は朴昌植にも相談した。彼は、

「日本で日本人じゃないというのは、命がないのと同じですからね。母親が日本人の子供を朝鮮人にしてしまうのは酷でしょう」

といった。それで彼は、子供は生みっぱなしにすることにした。それは彼なりの親心だった。子供たちは母親と同じ住田の戸籍に入り、日本人になった。

朝鮮戦争の休戦協定が成立したころ、二人目の子供が生まれた。女の子だった。その頃から、「長女の光子が極端に姜東一を嫌うようになった。大学進学を希望していた彼女に「女に学問は要らない」といったのがいけなかったようだ。下の男の子の浩一は中学生で、彼を睨み付けるような視線をするようになっていた。それで、姜東一は家を出た。自分との間に生まれた下の二人の子供たちが心配だったが、同じ母親の子でしかも日本人だ。まさか追い出されることもないだろうと考えた。

会社の近くの朝鮮人部落に、金順伊《キムスニ》という美人の娘が居た。歳は二十二、姜東一とは二十一歳の差があった。彼は仲人を立てて、金順伊の親に是非嫁に欲しいと頼んだ。親は貧乏でその日暮らしだった。結婚そのものに反対ではなかったが、やはり法律上は内縁関係でしかないということにこだわった。姜東一は、いつか必ず本妻にするからといって、口説き落とした。

金順伊との間には子供が生まれなかった。仕事は順調で、東京オリンピックの時の工事で大いに飛躍した。

一九六五年、日本と韓国の国交が回復すると、姜東一は直ぐに故郷を訪ねた。彼は五十五歳になっていた。久しぶりに見る妻は老けて疲れた顔をしていた。子供達はそれぞれに独立し、子供が居た。彼はおじいさんになっていた。

長男はソウルの大学に行っているときに朝鮮動乱に出会った。彼は韓国軍に入って戦場を駆け回った。戦いが終わってから、彼は学校に戻らずそのまま故郷で農業を始めた。心の傷が大きいようだった。

「アボジが多くの土地を買ってくれていたことに感謝しています」

と長男はいった。

「なに、日本人に教えて貰った通りのことをしたんだ」

と、彼は答えた。

苦労ばかりかけてきた妻には「別れてくれ」と切り出せなかった。金順伊には、本妻にすると約束している。彼は韓国にいる間中、毎日苦しみ続けた。

それ以後、彼は年に何度か韓国に帰省するようになった。日本の会社は順調に成長し、1975年頃からは、株式を公開してはどうかという話が出るほどだった。しかし基本的には下請けだった。独自の技術があるわけでもなかった。それに後継者もいない。自分一代限りの会社だと彼は思っていた。

　そんな頃、住田郁代と自分との間に生まれた上の子が、彼の会社に就職した。住田雅夫と名乗っていた。彼は上の光子や浩一から韓国人の子だといじめられ、自分の体内に韓国人の血が混じっていることを気に病んでいた。それで大学の時から家を出た。郁代から連絡を受けた姜東一は学資や生活費を負担した。

　大学四年になっても雅夫は就職活動をしなかった。どうするつもりなんだ、と姜東一が聞くと、

「どうせ韓国人の子だ。可能性なんてないよ」

　と吐き捨てるようにいう。実の親に向かってなんて口の利き方だ、と思いながら姜東一は、こいつは情けない日本人になってしまったと感じた。「どうせ韓国人」というのは、日本人の価値観だ。若い頃の自分たちは日本人にそうさげすまれても、そんなことはないと反発して生きてきた。そして一つ一つの工事を誠実に完成させてきた。結果で判断しろと日本人に仕事の成果物を突きつけてきた。しかし雅夫は、日本人のつまらない価値観を受け入れて、「どうせ自分は」と同調している。それは韓国人の態度ではなかった。日本人の態度だった。しかし日本人の全てが韓国人を差別していたわけではない。鈴木署長や

丸山組の社長など、尊敬すべき日本人は何人もいた。そういう人たちを見ないで、ゲスな日本人と同じ価値観で雅夫は自分を嫌っている。姜東一は思う。こいつは、韓国人でもないし、日本人でもない。俺は怪物を作ってしまったようだ。そして彼自身はその怪物の製造責任者だった。責任は取らなければならない。

「どこにも行くところがなければ、俺の会社に来い。お前を雇うぐらいのことはできる」

「韓国人の会社だろ」

と雅夫は敵意の籠もった目で父親を見る。姜東一は軽く答えた。

「客はみんな日本人だ。いい加減な仕事をしていたら、次からは仕事をくれない人たちだ。そんな中で会社は三十年続いている。それだけでどんな会社か分かるんじゃないのか?」

雅夫は反論できずに黙り込んだ。

その頃、姜東一は韓国の妻に向かっていった。

「お前には苦労ばかりかけてきて申し訳ないのだが、私と離婚して貰えないだろうか?日本で結婚するときに、その人に、本妻にすると約束してしまったのだ。お前には、経済的には迷惑をかけないから」

妻はぽつりといった。

「結婚以来ほったらかしにしてきて、挙げ句の果てに離婚ですか？　私は子供を産むためだけの女でしかなかったんですか？」

「すまん」

彼はオンドルに両手をついた。

「よして下さい。あなたは男じゃありませんか。自分の妻に頭を下げるようなことはしないで下さい」

彼は手を戻した。

「別れてくれるか？」

「日本に家族がいると聞いたときから、いずれこうなると思っていました。ですが、考えさせて下さい。子供達もいることですし、私一人の考えでは決められません」

その後何度か韓国を訪れ、妻は離婚に同意した。慰謝料代わりに、妻と子供達に、大きな家をそれぞれ建ててやった。離婚が成立してから、彼は直ぐに金順伊との婚姻届を出した。

住田雅夫は姜東一の家に移ってきた。金順伊を「おばさん」と呼び、まるで女中でも使っているかのような態度だった。

「この人は俺の妻だ。お前のお手伝いさんじゃない」

そういって姜東一は、独立しろと息子を追い出した。雅夫の妹の住田佳代は、韓国人の血が混じっていることをひた隠しにして、日本人の男と結婚した。

父親の家を出た雅夫は、コリアンバーで知り合った韓国女性と同棲するようになった。子供ができたので結婚するのかと思っていたら、女はある日子供を残したまま家から消えてしまった。雅夫は父親に泣きつき、金順伊がその子を引き取って育てることになった。

バブルが弾け、倒産の危機に直面したが、規模を縮小して何とか乗り切った。その頃から姜東一は気力も体力も急速に衰えていった。金順伊が死んだ。雅夫の子は中学生になっていた。姜東一は半ば引退し、会社の経営は全て雅夫に任せるようになった。その後雅夫を社長にして、暫くしてから姜東一は亡くなった。

雅夫は相談役となっていた朴昌植に相談しながら、葬儀を済ませた。結局は全て日本式の葬式になってしまった。

葬式が終わっても、韓国から来ていた長男は帰らなかった。雅夫は彼を見る度に心が苛ついてしょうがなかった。何を物欲しげにうろついているんだ。いままでさんざん親父が韓国に金を持っていったし、家まで建ててやっているんだ。この上お前達にやるものなん

て何もない。雅夫はそんな気持ちを抑えて、静かに、

「兄さん、そろそろ韓国に帰りませんか」

といった。日本語が殆どできない彼は、嫌そうな顔をしたものの帰って行った。

朴昌植が、雅夫にいった。

「どうも、財産は全て韓国の兄弟のもののようだ」

雅夫はあっけにとられる。

「何をいってるんですか。つぶれかかった会社を何とか持ち直し、貸しはがしに合いながらも、会社を倒産させずに来たのは、この俺ですよ。だから親父も俺を社長にしたんじゃないいんですか？」

「それはそうだ。君は良くやっている。しかしそれと相続というのは違うことのようだ」

「全く、何をいってるんですか？　下らないことはいわないで下さい」

その場はそれで終わったが、暫くして住田雅夫に弁護士から電話がかかってきた。韓国の長男から相続手続の一切を依頼されたという。何を馬鹿なことをいっているんだ。親父の子供は俺と妹の佳代の二人だけだ。日本の財産は日本に居る俺たちが相続すべきだろう。韓国の財産は韓国の奴らが相続すればいいだけのことだ。そう抗議した。弁護士は彼の会

社にやってきた。そして、とんでもないことをいった。

「住田さんは、法律上は姜東一さんの息子さんではありません。認知もされていませんから、法律上は赤の他人です。姜東一さんの財産は全て韓国のお子さんたちのものです」

「そんなばかな!?」

雅夫はその場で相続のにわか教育を受けた。韓国人のいうことなら信じないが、日本人の弁護士がいうことである。信じるしかなかった。弁護士はいう。

「韓国の相続人は住田さんがこの会社に残りたいのなら、残ってもいいということです」

恩着せがましいいい方にかちんときた。

「冗談じゃない。この会社は俺が守ってきたんだ。バブルで倒産しかけたのを、俺が必死に頑張って支えてるんだ。それだのに何もしてない奴が、今頃出て来て、全部奪おうってのか? 無茶苦茶じゃないか」

弁護士はいう。

「会社の株は韓国の息子さんたちが百パーセント保有します。住田さんはこの会社の株式を一株も持っていませんから、何の発言権もないんですよ」

「うそだろ!」

「住田さんが会社を経営したいのなら、株を売ってもいいといっています」

「売るっていくらさ」

「いま税理士に計算して貰っていますが、数千万にはなりそうです」

「数千万？　まだ銀行の借金は山ほどあるし、土地だって半値になっている。そんな価値があるわけないだろ？」

「相続税評価額ではそれほどの金額には成らないでしょうが、普通、会社を売るときには収益還元価値というものを使うそうです。それで計算すると、億ぐらいは行きそうです。しかし韓国の相続人は、それほど高く売るつもりはないようです」

相続税評価額だとか、収益還元価値だとか、雅夫は聞いたことがない言葉を機関銃の連射を浴びるように浴びて、どぎまぎしてしまった。弁護士がいっていることを理解できなかった。弁護士は簡単な説明をしたあとで、

「買い取って頂けないのなら、他社に売るしかありません。日本の相続税を払う資金を作らなければならないので、韓国の息子さんたちは売却の意向です」

「はあ？　誰かが株を買って、他人の会社になって」

と彼は訳が分からないという顔になる。

「俺は追い出されるのか？」

「さあ、それは新しい株主さんとの話し合いでしょうね」

「冗談じゃねえ、全く冗談じゃねえ」

韓国人の子供に生まれただけでも口惜しいのに、いままでに働いた全てを韓国に持って行かれるのか？　全くなんだって韓国はここまで俺に祟るんだ、と彼は韓国に火をつけて全て灰にしたい心境だった。

結局株は、競合会社が買い取り、リストラが始まった。相談役になっていた朴昌植と金時鉉も解雇された。住田雅夫は社長から現場主任に降格された。嫌ならやめろ、働くなら捨て扶持ぐらいはくれてやるという扱いだった。彼はその後定年まで、かつては自分の会社だった会社に勤めた。辞めたところで雇ってくれそうな会社などありそうもなかったからである。

定年になってから、何もすることがなくなった彼は、自分は何だったんだろうと考えるようになった。僅かだが年金があったので、食うには困らなかった。女には縁がなくずっと一人暮らしだった。息子は結婚して孫もできていたが、彼の下には近寄らなかった。殆ど絶縁状態だった。彼は息子が自分を恨んでいると思っていた。それは彼が韓国人の子だったのと息子の母親も韓国人だっからである。息子の国籍は日本だったが、血統的には韓国人だった。彼はそんな息子の前で「韓国人なんてのは碌な奴らじゃない」と何かにつけていっていた。そんな言葉を聞いて育った息子は、独り立ちすると、彼の下に近寄らなくなってしまった。彼はそうなったのは、自分を韓国人の子にした親のせいだと判断していた。

俺は、なんだって韓国人の子供なんかに生まれたんだろう？　しかし子供は親を選ぶことなどできない。生まれてしまった以上はどうにもならないのだ。だから俺は逃げることばかり考えていた。とにかく韓国人というのは嫌だった。それで逃げて、逃げて、逃げ続けて今日まで来たというわけだ。碌な人生じゃなかったと思う。挙げ句は韓国の異母兄弟に全財産を横取りされてしまった。糞みたいな人生だったと情けない。

しかしある日ふと思った。糞みたいな人生にしたのは、俺自身だったのかも知れない、と。世の中の、親が韓国人の子供の全てが、糞みたいな人生を生きているわけではないと気がついた。自分の周りの在日はヤクザや土方しか居ないが、世の中には在日でありながら上場会社の社長をしている奴らが何人もいる。どうしてあいつらは韓国人なのにまともに生きて来れたんだ？　と不思議でしょうがなかった。

川沿いの土手を散歩しながら彼は考える。いままでは全部韓国人の親のせいにしてきた。

韓国人の男なんかに抱かれたお袋が悪いんだと思っていた。安易に子供を作った親父が一番悪いと恨んでもいた。しかしそれよりも悪かったのは、そんな事実を悲観して萎縮してしまった俺自身だったかも知れないと感じるようになった。配られた手札が悪くても勝負には勝てることがある。俺は勝つ努力をしてきただろうかと、自分の人生を振り返る。手札が悪いのを見た瞬間に、勝負を諦めてしまったんじゃなかったか？　と自分を疑った。

俺は俺だと開き直って人生をやり直してみたかった。しかし、残された時間はわずかしかない。早晩死ぬ日が来るだろう。気も狂わんばかりの焦りに包まれる。俺っていったい何だったんだ、と彼は土手の上で立ち止まり、空を仰いだ。

虹が架かっていた。希望を抱きたかったが、今さら希望なんて持ちようがなかった。もはや彼には、死ぬ日が来るのを待つことしか残されていないのだ。彼は虹を無視することにした。土手の道に目を落とし、虹を視界から消した。そしていつものいらいらした気分に包まれる。

彼は韓国の歴史をまるで知らなかった。そんなだったから先祖に誇るべき歴史がある、などということも、まるで知らなかった。いやそれ以前に彼には、自分にも先祖がいる、という意識すら、微塵も存在していなかった。

彼はひたすら、俺は糞みたいな韓国人の子だ、と考えていた。そして悪い手札を見ただけで勝負から降りてしまった、糞みたいな奴だったと、己を呪っていた。

ごっとん

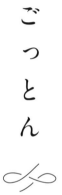

三木大介は夜汽車の窓から、空がほんのりと明るさを増してきているのに気がついた。座ったまま少しまどろんだ程度なのに、何年もの長い眠りから覚めたような錯覚を覚えた。汽車は西に向かってひた走っている。

長男の嫁が気に入らなくて、怒りに任せて家出はしたものの、駅に着くまでどこに行くかは決めてなかった。時刻表を見上げると、下関という文字が目に入った。かつては下関から連絡船に乗り、満州にまで行った。自分は行かなかったが、当時は列車で巴里まで行くこともできた。夢があった。五族が協和し、平和な世界を築くのだと思っていた。

重いリュックや手荷物を提げて、満州のとうもろこし畑を汗まみれになって逃げ惑っている、自分や他の人たちの姿が浮かんだ。

国敗れて山河あり、と杜甫はうたったけれど、満州国は、国は敗れ、その上に山河まで失ってしまった。自分は老いさらばえて、死ぬ時を待っているだけの存在でしかない。

満州がうまく行ったとしても、行かなかったとしても、人はいずれ死ぬ。自分はいま夢破れて死ぬときが来るのを待っているだけの老いぼれでしかなかった。どうせ死ぬのだ、嫌な嫁と毎日顔を付き合わせて、いらいらしながら余生を送りたくはなかった。気が利かない女に、自分の下の世話をしてもらいたくもなかった。

満州から引き上げてきたとき、彼は五十に手が届く歳だった。定年まで満鉄で勤め上げたかったが、運命は彼を内地に送り返した。大学同期の斡旋で、製鉄会社の部長になった。役員にまでなったが、派閥とは無縁だったために、六十才でお役御免となった。それからは毎日気の利かない嫁との確執が続いた。

「お義父《とう》さん、御飯ですよ」

呼ばれて食卓に向かうが、目の前には御飯や汁はおろか、箸も置かれていない。座って暫くしてから箸が置かれ、それからまた暫くしてから御飯がつがれる。遅れてようやく汁椀が届く。

三木大介はこれが気に入らなかった。

「御飯ですよ」

というのなら、目の前に御飯の準備ができていなければならない。人を呼びつけておいてから、御飯をよそい、汁をよそうというのでは、準備をしたことにはならない。だから彼は、

「御飯ですよ」

といわれてから十分ぐらいして食卓に向かうようにした。しかし嫁は彼の顔を見てから、

御飯や汁の準備を始めるのだった。

　どうも、俺が使う日本語と、嫁が使う日本語の意味が違うようだ、と彼は考えた。彼は、「ごはんですよ」というのなら、いつでも食べられる状態でなければならないと思っていた。しかし嫁は、人を呼びつけておいて、皆が席に着いてから、それから茶碗に御飯をよそうのである。家族六人全員が集まると、孫は皆の御飯がつがれるまで延々と待たされることになる。人を待たせて平気、という感覚を三木大介は理解できなかった。

　それに彼は、醤油差しが気に入らなかった。彼の妻が生きていた頃は、適量が出る陶器の醤油差しを使っていたが、嫁は少し傾けただけで大量に出るガラスの醤油差しを使った。焼き魚に、どばどばと必要以上の醤油がかかった。それで彼は、

「俺を高血圧で死なせるつもりか！」

　と怒鳴りつけた。嫁の作る漬物を常日頃から塩辛いと感じていたからでもあった。それで積もり積もった不満が爆発してそう怒鳴ってしまった。嫁は泣き出す。息子が自分と妻の間に挟まって難儀しているというのが分かった。小さな孫たちも自分を非難しているようだった。自分は邪魔者だな、と感じた。王道楽土は夢と潰えた。気に入らない嫁の世話になりたくもなかった。夢は潰えたが、人としての尊厳まで失いたくはなかった。

時間の潰しようがなかった。夕日を見る度に満州の赤い夕日が思い出された。

青い葉がどこまでも続くトウモロコシ畑の中で、石岡という退役軍人の娘が手榴弾で自決した。バーンという鈍い音がした。振り向くと緑の葉が生い茂る上空に、黒い煙が舞い上がっていた。

娘はロシア兵十人ほどに強姦された。丸坊主に国民服を着た泥まみれの娘に対し、石岡は手榴弾を渡した。娘は泣きもせず、目を見開いて父親を見上げていた。石岡は娘に背を向けると、三木のところに足早にやって来た。そして、「行こう」と行進を促す。更に先のトウモロコシ畑の中には、三木の家族や、他の家族が潜んでいた。石岡の娘が犠牲になったことで、他の女たちが助かったという一面があった。それだのに石岡は娘に自決を求めた。むごいとは思ったが、ロシア人に純血を汚された娘を許せないという気持ちも理解できた。

三木の長男の嫁も満州から引き上げてきた家の者だった。長男は日本に戻ってから間もなく見合いをしてその娘と結婚した。嫁ももしかしたら汚されているのかも知れなかった。仮にそうだったとしても、あの嫁は石岡の娘とは違い、自決などしないに違いなかった。それだけ図々しく、恥知らずな女なのだ。三木は嫁のぼんやりとした顔を思い出して、苦々しく思った。返事も曖昧なら、受け答えもとんちんかんな女だった。どうして長男があんな女を選んだのか、理解できなかった。

それに引き替え彼の妻は知的で、受け答えにも切れがあり、常にこちらの意向を察知して先回りして何でも手配していた。風呂、といわなくても風呂の準備はできており、食事は常に、自分が席に着くと同時に食べられるように手配していた。およそ自分に待つという無駄な時間の使い方をさせない女だった。それに引き替えあの嫁は、と三木は自分の膝をこぶしでどんと叩いた。いつも自分という人間の尊厳を無視しているような態度だった。尊敬はしなくてもいい。しかし無視されるのは我慢ならなかった。

鈍行列車はゆっくりと進んでいる。ガタン、ゴトンという規則的な音が客車を振るわせていた。

下関に着く。日は高い。駅前ではボンネットが前に突き出たバスが行き交い、多くの人が、蠢いている。戦前の下関駅は、港の直ぐそばにあった。汽車は幡生を過ぎると左にカーブして、関釜連絡船が停泊する突堤の直ぐ向かい側に造られた駅に到着した。関門トンネルができてからは、関釜連絡船の駅を出て、一度本線に入り、スイッチバックをして現在の下関駅に入った。埠頭にあったかつての下関駅前には山陽ホテルがあり、警察署があった。朝鮮人は下関から日本に上陸したので、取り締まりのために警察署をそこに造ったと聞いたことがあった。

以前なら、このまま船に乗り、満州に向かった。しかしいまや朝鮮も満州も他人の土地になってしまった。国敗れて、そして山河も失った。彼は新しい下関駅で降りると、右手のバッグを左手に持ち替えてバス停に向かった。どこへ行くという当てもなかった。その日は終日、適当にバスに乗って、下関市内を流れ、漂っていた。夜は駅前の旅館に泊まった。直ぐ先には赤線があった。夜遅くまで女たちが客を呼ぶ声や、客が女たちをからかう声がしていた。

いつものように、夜明けには目が覚めるので、旅館の周りを散歩した。大きな市場があり、建物の周囲の木で作られた大きなゴミ箱からは、白菜やキャベツなどの青物の切れ端が溢れている。リヤカーを引いた男が、市場の周りに置かれているのか捨てられているのか分からない木や段ボール箱を集めていた。その時、彼は閃いた。それで彼はその男に近づいて声を掛けた。

「もし、きみ」

ボロを集めていた男は垢にまみれた髪の毛を回して彼に向いた。髪も髭も生やし放題で顔も垢にまみれていた。

「きみって俺のことかい？」

「そうだ、君だ。私も君の、その、仕事をしたいんだが、何か許可とか、届けとか、そういうものはいるんだろうか？」

「許可？」

男はふっと肩の力を抜いた。

「面白いことをいう人だな。こんな仕事をするのに、そんなものはいらないよ。ただ来て、ただ集める。早い者勝ちだよ。店の人と目が合えば挨拶ぐらいはするけどな。向こうもこっちが、がらくたの整理をしてくれるから助かってるんだよ」

「じゃあ、私もやりたいんだが、どうすればいいだろう？」

「俺はこの先の朝鮮人部落に住んでるんだ。そこに親方がいて、寝る場所とリヤカーを貸してくれる。それで一日ボロ拾いをして、持って帰ると、その日の日当をくれるというわけだ。多く集めれば多くくれる。儲かりはしないが、まあ、飢え死にすることもないよ」

「ああ、それで充分だ。私もその親方に挨拶をしたいんだが、どうすればいい？」

「親方といったって、朝鮮人だけどな。松山というんだ。くず鉄やボロを集めているんだ。

仕事が終わるまで待ってくれるんなら、一緒に行ってやるよ」

「おお、それはありがたい」

三木は直ぐに旅館にとって返し、代金を支払ってから荷物を持ち、先程の男を捜した。男は市場でまだボロやダンボールを集めていた。昼頃になって、男は朝鮮人部落に向かった。三木はダンボールを満載したリヤカーを片手で押して手伝った。男は段ボールの山の向こうからいった。

「朝鮮人部落はな、ごっとん部落っていうんだ。ごっとんって、どういう意味だか知ってるかい？」

「ごっとん？　いいや」

「ごっとんってのはね、警察が使う言葉だよ。刑事のことをデカとかいうだろ？　あれと同じでね。ごっとんってのは、泥棒という意味なんだ」

「へええ」

三木は二畳ほどの、家というか、あばら家を与えられた。壁はコンクリートの型枠作りに使うパネルを組み合わせていた。木の節から外が見えた。断熱材などないから、外の風が自由に通り抜けていた。

狭い空間の奥が寝床で手前が土間になっていた。便所は共同便所だった。いままで誰が寝ていたか分からない垢まみれの蒲団に、彼はコートを着たままくるまって寝た。春とはいえ寒かった。それでも一時間ほどすると暖まってきて、彼はやっと眠りに落ちた。満州の逃避行の途中で野宿をしているような気分だった。

当時の林檎は木の箱に入れられていた。彼は市場で林檎箱を拾うと、なたで割り、七輪にくべて御飯を炊いた。釜はないから鍋を使った。ある日のことである。午後三時頃にボロ拾いを終えて少し早い夕飯を炊いていると、一人の男がやって来た。

「じゃまするよ」

という。三木はゆっくりと破れた団扇を持ったまま立ち上がった。男は自己紹介を始めた。

「わしはここで町内会長をしている者でね。孝山《たかやま》というんだ。そこで雑貨屋をしている」

三木は頷く。雑貨屋には豆腐を何度か買いに行ったことがあった。品のいい女性が店番をしていた。直ぐに日本人の女性だと分かった。どうしてまともな女性がこんな朝鮮人の集落にいるのか不思議だった。男は話を続ける。

「ここで暮らす者は台帳に記録することになってるんだが、あんたも、あんたは名前は何ていうんだい？」

「私か、私は三木というが」

「そうか。それじゃあ三木さんも、台帳に名前とか、連絡場所とか書いてもらえんじゃろうか？」

　三木は少し考えた。

「どうしてそういうものを書かなければならないんだろうか？」

「何かあったときの緊急連絡先は必要だろ？　あんたが倒れて自分で連絡できなかったら、俺が代わりに連絡するよ」

「そういうことだったら、私には必要ないよ」

「必要ない？」

「ああ、必要ない。私はこの世とは全ての縁を切ってきたんだ。死んでも連絡する気はないんだ」

「そうか」

　と孝山と名乗る男は不満げに頷いて戻っていった。この男は完璧な日本語を話したが、他の朝鮮人と流ちょうな朝鮮語で話しているのを見たことがあったから、彼も朝鮮人であるに違いなかった。どことなく横柄なもののいい方が癇《かん》に障《さわ》ったこともあって、彼は満州の朝鮮人を思い出した。

流ちょうな日本語を話す朝鮮人ほど、中国人や満州人を差別していた。日本人が一等国民で、自分たちは二等国民だというのが差別の理由だった。ちゃんころや満ころは三等国民だというのである。日本人の場合、軍部の五族協和は建前だったが、実務に当たっている日本人の多くは、それを本気で実現させようと思っていた。しかし朝鮮人は軍部の尻馬に乗って、差別を助長していた。彼はその時に、日本語が上手な朝鮮人は信用できないと思った。そしていま孝山という朝鮮人は、日本人と変わらない日本語を話していた。どうにも虫の好かない奴だった。

数日経った。

三木は体調を崩して屑拾いに出られなかった。親方がやってくる。

「三木さん、からた、たいちょぷかね」

親方は日本語に朝鮮人特有の訛りがある。少々欲張りだが、しかし純朴な人だ。

「すみません、かぜが抜けなくて」

「そか。三木さん、歳たしな。気をちゅけないと。死ぬ前にぴょいん（病院）、行けよ。わかたな」

「はい、分かりました」

と彼は頭を下げる。早い話が死ぬときは病院で死んで、ここでは死ぬなということらしい。死に場所まで朝鮮人の指図を受けなければならないのかと、彼は己を卑下して皮肉な笑いを浮かべた。満州からの逃避行がまだ続いているような気分だった。

午後になり、店屋の幼い子がやって来た。

「おじさん、父ちゃんが来いって」

そのいい方にかちんときた。

「誰が来いって？」

と、子供を睨み付けたが、子供は不思議そうな顔をする。子供は先程の言葉を繰り返した。

「父ちゃんが来いって」

全く言葉の使い方も知らない奴らだ、三木は中腹になるが、子供に、

「分かった、行く、といっておけ」

と告げた。彼は蒲団から出ると上着を着て、店屋に向かった。灰色のバラックが並んでいる。右の角は親方の家で、家の前にはスクラップがうずたかく積まれている。さびた鉄

のにおいがする。

左に回って店に入ると、孝山が六畳ほどの畳の部屋から手招きをする。彼はベニヤ板で作った四角いお膳を前にして座っていた。

「まあ上がって」

というが、三木は部屋の手前にある板の台に腰掛けた。板は使い込まれて黒ずんでいる。孝山は台帳を持って膳から離れると、板の台の手前であぐらをかいた。

「三木さん、嫌な話をするけれど、怒らずに聞いてくれ」

彼は鋭い目つきで三木を見た。それは刑事か何かをしていた男のような目つきだった。

「人は誰でも死ぬ。そうだろ？　わしも死ぬし、三木さんも死ぬ。順番からいえば、三木さんの方がわしより先に死ぬ。そうすると、わしは三木さんの弔いを出すことになる。町内会長だからな。あんたに身内がいれば身内が葬式をするが、いなければわしが代わりに出すことになる。死んだからといって、人をゴミ捨て場に捨てるわけにもいかんのだよ。火葬場で燃やさなければならん。そのためには火葬証明がいるし、火葬証明を取るためには、医者の死亡診断書がいる。三木さんが亡くなったら、わしが医者を呼んで、死亡診断書を書いてもらわなければならんのだよ」

そうか、死ぬというのも大変なことなのだ、と三木は知った。孝山は続ける。

「遺骨はわしが拾って、三年間はお寺に預ける。無縁仏にしてしまったら、遺族が現れたときに困るだろ？　だから三年は無縁仏にはしない。ここにいるのは、流れ者ばかりだ。みんなそれぞれに人にはいえない事情を抱えている。そうじゃないとこんな所には誰も住まんよ。住みたくもないさ。そうじゃろ？　だから誰とも連絡を取りたくないという気持ちは痛いほど良く分かる。当然のことだよ」

それから孝山は少し前屈みになって三木を鋭い視線で見る。

「しかしじゃね、人間というのは人から生まれる。木の股から生まれるわけじゃないんだ。そうじゃろ？　わしにも親がいるし、あんたにも親がいる。人には必ず親がいるし、親がいれば何かしら縁者がいるものだよ。それが何かの縁でたまたまこうして同じ町内で暮らしている。袖振り合うも他生の縁だよ。同じ町内に暮らしているのに、死んだからといって、無縁仏にはできないよ。そうじゃろ？　それに誰かがどこかであんたのことを思っているかも知れない。その人がようやくここを尋ね当てたときに、あんたが無縁仏になっていたらどうする？　あんたはいいだろうさ。死んでいく人間にはあとのことなんて知ったこっちゃないからな。しかし残された人間がここを尋ね当てたなら、そしてその時にあんたが無縁仏になっていたなら、線香の一本も上げられないよ。それは、その人にとっては、悲しいことなんじゃないのかね。わしはそう思うよ。わしはね、残された人間のことをいっているんだよ。あんたが一人で死ぬのは、あんたの勝手だよ」

三木は黙っていた。あんた呼ばわりされるのにはかちんときたが、自分は都落ちした敗残の身である。中国人や朝鮮人に国を追われた宿無しでしかない。それに彼は腹が立つからといって、朝鮮人の孝山に過去の栄光を振りかざすほど愚かでもなかった。加えて孝山がいっていることは筋が通っていた。死ぬことも簡単ではない、と溜息が出る。長く生きすぎた、と思う。満州で討ち死にをすべきだったのだと考えた。

孝山の妻がお茶を出してくれた。気品のある人だ。見ただけで日本人だと分かる。これだけの人がどうして朝鮮人なんかと結婚したのだろうと不思議に思う。お茶を飲む。番茶だったが、久しぶりに茶の香りをかいだ。生きていればこそだ、と心が和らぐ。孝山はいった。

「三木さんが本当に、天涯孤独の一人もんなら仕方がないよ。だけど子供とか、女房とか、誰か縁者がいるのなら、その人たちは、あんたの遺骨ぐらいは持って帰りたいんじゃないのかね。それが人情というものだろう？　あんたには本当に血のつながった人はいないのかい？」

息子の顔が浮かぶ。嫁は知らず、息子は俺を弔いたいかも知れない、と思う。孝山はいう。

「本当に天涯孤独なら、その時は心配しなくていい。わしが弔ってあげるよ。骨も拾ってあげる。しかし縁者がいるのなら、死んだという連絡はしてあげた方がいいんじゃないのかね？　死ぬまではいろいろあっても、死んだらみんな仏様だ。仏様になってまでいがみ合うこともないだろう？　死んだという連絡を受けてからどうするかは向こうの勝手だよ。弔いたければ来るだろうし、弔いたくなければ勝手にしろとでもいうだろうさ。しかし向こうがどうしようが、こちらとしては、最低限の義理は果たさなければならないと、わしは思うけどね。それが人間というものじゃないんかね。犬やネコならやりっ放しだろうけどさ」

孝山は畳の上に置いていた茶色の台帳を広げる。白い短冊が何本も台帳に差し込まれている。それぞれに各人の記録が書かれていた。

「ほら、こうやって、この町内に来た者にはみんな緊急連絡先を書いてもらってるんだよ。生きている間は連絡しないよ。しかし死んだら連絡する。もしかしたら骨ぐらい拾いたいと思うかも知れんじゃろ？　そりゃあ今までには、連絡しても知らんぷり、という人もいたよ。その時は仕方がないからわしが無縁仏の手続を取った。しかしね、愛するのも憎むのも、生きている間のことだよ。仏になってまで憎み合ってはいかんと思う。わしはそう思うけどね」

三木は頷いた。

「あなたのいいたいことは分かりました。少し考えさせてくれんかね」

「そりゃあ、勿論だ。考えてくれよ。その上で無縁仏になりたかったら、わしがきっちり弔ってやるよ、うん」

三木は一つ頷いて番茶を飲み干した。

体調不良は治り、ボロ拾いに出るようになった。目の前にあるのはいつも満州の光景だった。五族協和は間違いだったのか？　八紘一宇というのは、いまの国際連合と同じ考えではないのか？　そんなことばかり考えていた。王道楽土。白人をアジアから追い出し、アジア人のアジア人による平和な国を築けると彼は本気で信じていた。そしてそのために自分の力が役に立つとやり甲斐も生きがいも感じていた。それが敗戦と同時に満州国は傀儡と呼ばれ、八紘一宇は侵略主義だと決めつけられた。俺たちの努力は、そして死んだ者たちの人生は、いったい何だったんだとやるせない。

彼は息子の住所と電話番号を書いて、孝山の妻に渡した。彼女はそのメモを見ながら台帳に記録した。そして、

「達筆じゃねえ」

と一人で感心する。それから末っ子の長流《まさる》に向かって、

「あのおじさんはえらい人じゃから失礼なことをいったりしたらいけんよ」

という。長流は、先日、三木のおじさんが自分を睨み付けて、父親の発言を聞き返したことを思い出した。「来い」ではなく、「来て下さい」というべきだったと反省する。失礼なことを、もういってしまっている。それで彼は、ぎこちなく、

「う、うん」

と答えた。

一月ほどして三木は再び体調を崩した。高熱の中で、彼は妻と満州の原野を駈け、沈む夕日を見ていた。

ごっとん部落には電線が一本しか引かれてない。それをおよそ三百世帯が使っている。一件あたりの電圧は非常に低い。三木は豆電球を一つつけていたが、普段は蛍の光よりもさらに暗い程度の明かりしか灯《とも》さなかった。多くの者は九時ごろには寝る。一件電気を消

し、二件電気を消してゆき、夜が更けるほどに電圧が上がると、電球は本来の明るさで輝くようになる。三木の家の豆電球も、夜中には煌々と灯るようになっていた。三木にはそれが、満州の沈む夕日に見えた。妻も若かった。彼の見果てぬ夢が、ごっとん部落のバラックの中にあった。

翌日、朝鮮人の親方が、三木が死んでいるのを発見した。孝山は、三木が記した息子の電話番号に電話した。同時に下関厚生病院を退職した、織田先生に連絡して来て貰い、死亡診断書を書いてもらった。その日の夜に、息子夫婦が二人の子供と共にやって来た。

息子は、孝山に深々と頭を下げた。

「知らせて下さってありがとうございます。お陰で父の弔いを出すことができます」

横で息子の妻がいった。

「こんな所でお義父様を死なせて、みんな私の責任です」

そういって声を上げて泣く。「こんなところ」そう聞いて孝山は怒りが吹き上げてくるのを意識した。この女は何様のつもりだ!?　と腹が立つ。

孝山は劣等感の強い男だった。彼は学校に行けなかったので文字を知らなかった。それでいて頭脳は明晰だったから、他人が馬鹿に見えて仕方がなかった。世の中のことを彼は誰よりも良く見通していた。そんな、世間の人間よりも数段優れている自分が他人の下に置かれ、「こんなところ」に住まざるを得ないのは不満だった。いつかまともなところに住んでやる。いつか金持ちになってやる。彼はいつもそう考えていた。

彼は自分で「こんなところ」というのは許せても他人がそういうのは許せなかった。住んでない奴が上から目線でいうんじゃない、と腹が立った。三木の嫁の泣き声が少し収まるのを待って、孝山はいった。

「奥さん、こんなとこで悪かったたね、ここだって、人が住んでる場所なんだよ」

そういって虎のような目で睨み付ける。彼女は、驚愕の表情を浮かべた。息子が直ぐに、

「すみません、謝ります。悪気があっていったんじゃないんです」

しかし孝山は許さない。

「悪気がなきゃ、何をいってもいいのかい?」

あわてて嫁がいい添える。

「すみません、つい口が滑ってしまいました。私がこんなだから、いつもお義父さんを怒らせてしまうんです」

孝山は尚もいう。

「口が滑ったただけ？　心でこんな所と思っているのは正しくて、口に出したことが間違いだっての？」

屁理屈や難癖をつけるのはお手のものである。若いころ日本全国を流れ歩いている内にテキ屋や口先だけで生きている連中と付き合って、そういう技を身につけた。

「いえ、とんでもございません。思ったことも間違いです。いったことも間違いです。私が至らないんです。どうか許して下さい」

と、嫁は必死の形相で腰を折り曲げる。孝山は〈ひかり〉の紫煙と共に長い溜息をついた。

「三木さんはね、立派な人でしたよ。バタ屋をしていても、人としての筋目はきちんと通す人だった。誰からも一目置かれてましたよ。大変な紳士でした。そんな人がどうして、奥さんがいう、こんな所で一人で暮らしていたのか。今日、初めて分かったような気がしましたよ」

嫁は驚愕の表情のままである。その顔を見て孝山はしてやったり、と心の中でにんまりした。彼は敢えて何もいわずに立ち上がると、静かに身を翻して自分の家に戻った。心の中では観客の多くが、「よっ、日本一」「千両役者！」「孝山あー」と叫んでいた。

三木の息子は葬儀屋を手配し、父親の亡骸《なきがら》を車に乗せると、自分も同乗して故郷に向かった。妻と子供たちは夜行列車に乗せた。

静けさが戻り、孝山は妻にいった。

「あんな嫁だったら、俺だって逃げ出したくなるわ。悪妻は百年の不作だというが、昔の人がいったことは正しいね」

妻は浮かぬ顔をして静かに頷いた。彼女もまた、夫に気が利かないと、いつも罵られていたからだった。

川沿いの老人

ホンダのスーパーカブを走らせながら、李長流《イチャンニュ》は「およげたいやきくん」をうたっていた。エンジン音に負けないように大きな声で歌う。それでストレスは少し発散された。

彼は地方の三流大学を卒業し、地元の在日コリアンの信用組合に就職した。金融業である。それで毎日カブに乗って釣り銭を客に届け、日掛けの形で貸付金を回収する。専門知識は必要ない。ただバイクに乗り、金を集めて回るだけだった。

入って直ぐの研修で専務が、

「税金なんてのはいくらでも誤魔化せるんだ」

といった。在日は税金を誤魔化したいだけ誤魔化せばいいんだ、という趣旨の発言だった。碌な奴じゃないな、と思う。日本が在日を生きさせなかったことと脱税とは、別次元のことだ。味噌クソ一緒にしてやがる、と彼は経営陣を見限り、信用組合そのものも見限った。こんなところで一生を終えたくないと心に決めた。それで来年からは韓国に留学することにして、金を貯めることにした。父親は、

「韓国みたいに遅れた国に何を習いに行くんだ？」

と留学希望の息子を見下した。当然に金は出さない。だから彼は自分で稼いだ金で行くことにした。それで日本に逆恨みをしている経営陣が仕切る信用組合に、金のためと割り

切って勤め続けていた。

彼以外の者は喫茶店で時間を潰し、五時が近づくと残りの客を回ってからオフィスに戻った。彼は喫茶店代を惜しんだ。それで離れた図書館に行って本を読み、川沿いの土手に上がって川の流れを眺めてからオフィスに戻った。サボらなければ午前中で終わってしまうぐらいの客の数しかなかった。彼は客を増やそうとは思わなかった。年末には辞めるつもりでいた。新しい顧客と将来的に付き合うことができないと分かっているのに、客になって貰うわけにはいかなかった。それで顧客開拓はしなかった。

土手の上で川を眺めていると、土手の内側で畑仕事をしていた老人がポケットから煙草を出しながら声をかけてきた。

「あんたは、毎日そこで川を眺めちょるが、何をしとるんかね」

「ただの休憩です」

「仕事はなんかね」

「信用組合です。農協みたいなもんです」

老人は少ししていった。

「預金集めをしなきゃならんのじゃろ？」

泣きつけば預金をしてくれそうな雰囲気だった。しかし彼は浪花節を嫌った。

「今年いっぱいで会社を辞めるつもりですから、預金は集めません。そのあとの責任を取れませんから、預金集めはしません」

「そうか」

老人は煙草の煙を長々と吐いた。

オフィスに戻ると給湯室に入ってお茶を飲む。壁には預金獲得高のグラフが貼ってある。五人の外回りの内、ゼロの者は彼だけだった。

彼はお中元の品を貸付先に多く持っていこうとしたことがあった。それを係長に咎められた。お中元は預金をしてくれた人に持って行けという。彼は聞いた。

「うちを儲けさせているのは金を借りてくれた人です。預金者はうちが利息を払っている人たちです。コストが発生する人に良くして、利益を与えてくれる人に何もサービスしないのはなぜですか?」

「預金がなければ、貸し付けることもできんだろ」

「預金があっても、借りてくれる人が居なければ利益は出ません」

「うるさい。昔からそうなんだよ。貸付先には持って行かなくていい」

過去のそんなやりとりを思い出しながら、コーヒーを持った彼は自分の席についた。玄関のシャッターは三時に下ろされる。五時を回っていたので客はいなかった。横の席で係長と女子職員が雑談をしている。

「私作る人、私食べる人ってあっただろ？　金田さんが私稟議を作る人、といったので、俺はすかさず、私悩む人、といったんだ。あの時の息はぴったりだったね」

「ええ、ええ」

と盛り上がっている。彼は集金鞄を机に置いたまま珈琲を飲んだ。やがて係長がいった。

「俺たちは部落じゃなくてほんと、良かったよな」

何を馬鹿なことをいってるんだ、と彼は皆の方を見た。係長はそんな彼を認めて頷く。女子事務員四人は全員が、

「そうですね」

と頷く。彼は凍りついた。彼の周りで集金チェックをしていた者たちも、

「朝鮮人差別より、部落の方がひどいからな。俺たちはまだ増しだよ」

彼は外回りから戻って来た先輩たちを見た。皆当然といった顔をしている。

こいつら、自分が今、思いっきり差別をしているということを知らないんだ、と感じた。

ぶん殴ってやりたかった。

韓国に留学したときにある男がいった。彼は在日のある歌手の名前を挙げ、

「あいつの親父は韓国人で、お袋は部落なんだ。最悪だろ?」

お前の方こそサイテーだな、と彼はその者を評した。

差別する者は皆、通名で生きていた。彼らはみんな、自分という韓国人を差別している、世界で最初の人間が自分だ、ということを知らなかった。

川沿いの農家の老人が示してくれた人間らしさを、彼は在日がする差別を見るたびに思い出した。

チヤメ（真桑瓜）

大学を出て在日韓国人の金融機関である商銀で働いていたある日、李長流《イチャンニュ》は朝刊を見て驚いた。韓国でスパイ団事件が摘発されたという記事が出ていた。予備課程の留学生までが逮捕されていた。総連の指示でスパイ活動を行ったらしい。総連やその関連者はでっち上げだと主張した。彼は新聞に書かれているから、でっち上げなのだろうと信じた。日本の新聞が嘘を書くとは思えなかった。書いているからにはでっち上げに違いなかった。

それまで在日のスパイ事件があってもみんな大学に進んでから摘発されていた。彼は予備課程の内は泳がせておくのだろうと思い込んでいた。それが今回は予備課程の者まで逮捕されたのである。自分も行けばでっち上げに遭うと、彼は怯えた。

彼は岩波の「世界」という雑誌を毎月買ってTK生が書いた「韓国からの通信」というレポートを読んでいた。そこに書かれていたのは、圧政と闘う人民の姿とKCIAと呼ばれていた韓国中央情報部の弾圧のひどさだった。

行けば拷問されて殺される。それでも行くのか、と彼は煩悶した。在日にとって最大の負い目は自分の中に韓国のかの字もない、ということだった。言葉はおろか、歴史も風俗習慣も価値観も何も知らなかった。親が韓国人だから自分も韓国人というのは、国籍に限った話で、二世である自分の中身は完全な日本人だった。小学校から大学まで日本の学校を出て、彼の全身は日本に染まりきっていた。そしてそんな日本は彼の頭の中を日本語で占領し、彼自身を「チョウセンはだめだ」と差別していた。彼は自分が、自分を差別している世界で最初の人間だ、と気が付いた。そしてそうさせているのは日本語だった。一度日本語を奇麗さっぱり消し去って、その後で日本語を入れるのでなければ、自分で自分を差別することを止められない、と彼は信じ込んでいた。

韓国に行ってでっち上げられて、拷問されて殺されるか、それとも日本で自分を差別しながら朽ち果てていくか？　彼は日本で自己否定させられながら生きながらえるよりは、韓国で自分を差別しない心を掴む過程で死んだ方がいいと思った。

「ドブに倒れても、倒れるときは前向きに倒れたい」

龍馬がそういったと何かで読んだ記憶があった。俺は日本が作り上げた差別の構造を容認することはできない。自分で自分を差別させられる一生を送りたくはない。そう考えて彼は殺される方を選んだ。

在日韓国人のための教育機関では、前年より生徒が四割以上激減していた。校舎には使われてない教室がいくつもあった。

学校は午前中だけだった。四コマあった。そこでの成績により、韓国内の大学への進学が許されていた。

先ず日本語を消す。彼はそう決めていたので、一日に十五時間勉強した。声を出して会話のテキストを声に出して読んだ。最初の一ページから最後の一ページまで全て丸暗記するつもりだった。一週間で喉から血が出た。そこから先は腹式呼吸で、息を出す勢いだけで声を出すようにした。念仏のような声になった。そんな声で彼は本を音読し続けた。学校には四時限目に顔を出すぐらいで、専ら一人で勉強した。

行った当座は挨拶ぐらいしかできなかったが、彼は瞬く間に言葉をマスターした。語学は体力である。どれだけ短時間に大量の言葉を叩き込むかである。

三ヶ月で彼は大学の授業を受けられるぐらいにまでなった。日常会話レベルなら同時通訳もできた。しかし他の在日は暢気なものだった。

生徒は七割ぐらいが高校卒である。彼らは殆どが日本の大学に進学できなかった、落ちこぼれである。親から「それなら韓国の大学にでも行け」と無理矢理留学させられた者が多い。自ら望んできた者は余りいなかった。残りの三割は大学を出たり、家業を一時中断してきた者たちだった。中には五十代の人もいた。矢張りこのままでは死にきれない、という思いで来たのだろうと彼は思った。

高校卒の生徒たちの語彙力は圧倒的に低かった。まともに本など読んだことがない連中なんだろうと彼は思った。植民地時代に日本の大学を出た先生が、

「止揚するんですよ」

といっても、在日の生徒にはそれが何のことか分からない。先生は慌てて、

「止揚って言葉、日本語にあるでしょ」

という。すると生徒たちは、

「そんな日本語ないよ」

と大合唱で答える。それで彼が助け船を出す。止揚というのは、哲学用語である。高校生レベルで知っているものは少ないだろう。彼は止揚という言葉の解説をした。先生は在日が日本語を理解出来ないと、彼に頼った。多くの高卒で来た在日の語彙力は彼が知っている平均的な日本人よりは低かった。

一世の親から無理矢理留学させられた彼らは日本語のせいで、自己卑下させられているという現実を知らなかった。自分を駄目なチョウセンだと信じ込んでいるばかりで、そこから脱出する方法や差別構造の枠組みを知らなかった。

何人かの女子生徒が瞬く間に韓国語をマスターした彼を見て、

「どうしたらそんなに言葉ができるようになるの」

と聞きに来た。話していると、どうも日本語がおかしい。例えば何かものを頼むときに、「こうして下さい」という。それは普通は「こうして頂けますか？」だろう、と突っ込みたくなる。「下さい」の意味するところは命令だ。命令出来る立場にない限りはお願いをしなければならない。言葉の細かなニュアンスを彼女たちは知らなかった。一時間も話していると、「こいつら日本語自体を知らないんだ」という感想を抱いた。日本語を知らずに外国語である韓国語をできるか？　否である。親は一世で日本語があやふやだ。だから親を責めることはできない。しかし二世の彼女たちは小学校から高校まで全て日本の学校に行っているのに、日本語がおかしいのである。

「先ずは日本語からやり直せ」

といいたいところだったが、彼は話を切り上げて退散した。彼女たちと付き合って自分の勉強時間を減らしたくなかったからだ。

彼は尚も必死で韓国語を丸暗記して、頭の中の日本語を消そうとした。しかし最後の日本語が脳細胞に張り付いて剥がれようとしなかった。それでも無理矢理剥がそうとしたとき、彼は発狂する、という恐怖を抱いた。狂ってもやるべきかと考えたが、漱石がロンドンで発狂したことを思い出した。あいつも頭の中の日本語を消そうとしたのだ、と理解した。漱石のような天才にすらできなかったことが自分にできるとは思えなかった。彼は日本語に敗北することにした。韓国語を母語とすることはできない、と知った。今後は外国語として接するしかないと観念した。

その頃、地方の民団に勤めているという、少しは言葉のできるやつが高卒の連中と話していた。

「今夜どう」

と麻雀の手つきをする。

「やりますか。げんちゃんの顔見てると気分が悪くなるし」

彼は民団の男に聞いた。

「げんちゃんてなに?」

彼は煙草の煙をプッと吹いてからいった。彼は教室の中でも煙草を喫っていた。

「原住民のことだよ。この国の奴らのことさ」

日本と韓国の経済格差は段違いだった。日本から有償二億ドル、無償三億ドルの賠償金を受け取って、何とか経済を起こそうとしている最中だった。のちに漢江の奇跡と呼ばれる高度成長に入る前のことで、町はどこも埃まみれで汚かった。オンドルには練炭が使われており、冬はスモッグで見通しが利かなかった。白いワイシャツは一日で煤すけた。日本と比べると韓国は圧倒的に貧しかった。民団から来ていた男は、女を買った翌日には教室で聞こえよがしに話していた。それだけでも唾棄すべき男だったが、遂には本国の人を原住民呼ばわりである。その後周りの連中が話しているのを聞くと、多くの者が「原ちゃん」という言葉を使っていた。在日は韓国に来ると日本人のように振る舞い、日本では韓国人であることがばれないように必死に日本人の振りをする。こいつらはそんな自分の姿が見えてないんだ、と知った。彼らはただひたすら自分が日本人でないことを呪っているだけだった。一人の人間としては哀れな存在だった。自分の能力では解決出来ない問題を押しつけられて戸惑っているだけの人間だった。中身は日本人なのに韓国人だという看板を背負わされている。こういう人間には日本国籍を与えた方が良い、と彼は考えた。これだけ無能だと、日本で韓国人として生きて行くことはできない。殺されてもプライドを守るという覚悟ができないのなら、日本人になった方がいい、と彼は考えた。

少し話すようになった男がいた。大阪にいる人間で大学を出ていた。韓国の何が問題かを話している内に、話が長引きそうだったので、グラウンドの中を歩きながら話した。向こうも付き合う。ＫＣＩＡの盗聴を避けようとすれば、こうして何もないところを歩きながら話すしかなかった。高卒の者たちは辺り構わず韓国を罵っていた。韓国の価値観や行動パターンは日本を基準にする限り、とんでもなく非常識なものだった。

李長流はいう。

「朴正熙《パクチョンヒ》は正しい。飯が食えないのだ。先ずは食えるようにしなければならない」

相手が応える。

「しかし腐敗しすぎだろ？」

「過渡期だ。ある程度は目をつぶるしかないだろう」

「女工の賃金は安すぎるし、搾取されすぎだ。この間も夜、清渓川《チョンゲチョン》を歩いていたら、女工みたいな女が自分を買ってくれ、というんや。聞いたら千ウォンやいいよる。たったの千ウォンで体売っとるんやで」

「買ったのか？」

「買うわけないやろ。そのまま千ウォン恵んだったわ」

「いいことをしたな」

「それは分からへんで。その晩は食えたかもしれんけどな。次の日は食えんやろ」

「この国のキリスト教は商売みたいなことをしてるからな。あれでは民衆は救われん。神父はみんなムーダンみたいだし、信者は金持ちにしてくれとわめいているしな。価値観が根本的に狂ってる」

ムーダンというのは巫女のことである。降霊をして口寄せをしたり、神のご託宣を告げたりする。この当時の李長流は、日本の祈りの仕方の方が異常だということを知らなかった。日本では魂の救済は寺や教会でし、恋愛成就や商売繁盛は神社でするという祈りの分業がなされていた。しかしこれは韓国のように何でも神に祈るというのが世界標準で、日本の方が例外だった。そんなことを知らなかった彼は、異常な日本を基準にして韓国はおかしいと断じていた。話題は在日に移る。李長流はいう。

「いずれ在日は消えるよ」

「消えるだろうな」

「圧倒的大多数は、自分が韓国人であることを呪っているだけだ。日本で韓国人をするには、並外れた能力があるか、殺されてもいいという覚悟無しにはできない。しかし組織は国籍と民族とが同じものだと思っている。あれでは対策すら打ち出せない」

「しかし日本に負けるのは口惜しいじゃないか」

「口惜しいが、民族を守ろうといいながら国籍を守っているだけだ。そんなやり方では負けるよ。日本に負けるんじゃない。自分で勝手に負けるんだ。馬鹿な民族だよ」

「お前みたいな奴が在日を引っ張らなきゃならんだろ」

「買いかぶりすぎだな。俺はこの世を眺めているだけだ。行動力はないよ」

彼は大学時代に公認会計士の受験資格がないと知ったときから、生きないという生き方をしていることを話した。

「それは在日なら、みんな似たようなもんだろう」

と相手はいった。そして続ける。

「俺はお前のことKCIAのスパイだと思っていた。だって言葉がうまくなるの、速すぎだろ？　三ヶ月も経たない内にべらべらになったじゃないか。だから最初からできるのにできない振りをしていたんだと思っていた。だけどスパイは倫理の先生だったな。この間ルームサロンでベロベロに酔って、女の子をテーブルの上でストリップさせたときにそういったよ」

「いい暮らし、してるな」

「KCIAに捕まりたくないからだよ。女が好きな、何も考えてない馬鹿な在日の振りをしていなければならん。生きて帰りたいから必死だよ」

「そうだな。何とか生きて日本に戻らなきゃな」

「倫理の先生は大学を出て来た奴に目を付けている。いずれお前の所にも来るよ」

「そうか。しかし俺は演技が下手だからな。それに飲み屋に行く金もない。仕方がないな、正論を吐くよ」

　ＫＣＩＡのエージェントの先生がいつ話しかけてくるかと緊張している内に夏休みになった。彼は韓国一周の旅に出た。

　まずは東海岸の束草《ソクチョ》に行った。バスはオンボロでクッションも悪い。着いたときにはくたくたに疲れていた。彼は長距離バスのバス停近くにあった安宿に入った。それから町の風呂場に行って汗を流した。風呂上がりに全身で受ける風は、生温かかったけれど、心地よかった。適当にぶらついていると町の市場らしいところに出た。アーチ型の半透明のプラスチックの屋根の下に、野菜や乾物、漬物に惣菜など、数十の店が並んでいた。夕方の買い物時で、客も多くてごった返していた。

　中に入って見物する。野菜屋の前で、乞食のような男がよろめいている。何事かをいっているが、

「ああ」

　とか
「おお」

　というぐらいにしか聞こえない。どうやら脳に障害があって、言葉もままならないようだ。髪の毛が垢でごわついている。着ているものも垢まみれで、ゴワゴワだった。

　野菜屋の親父は三十代に見えた。手を振って、

「駄目だ、駄目だ」

　という。どうやら乞食は店先に置いてあるチャメ（真桑瓜）をめぐんでくれと泣きついているようだ。

　店主の後ろには女将さんがいる。一段高い台の上に立ち、大きな目をひんむいて、がっしりと腕組みをして見下ろしていた。絶対にやるんじゃないよ、といった態度である。

　少し離れたところから、李長流はことの推移を見守った。

　店主はかみさんの顔を見上げては、乞食を見て、駄目だ、駄目だ、と手を振る。乞食は哀れな声を出して、「ちょうだいよう」と懇願する。店主は困ってしまい、

「お前歌を歌え、上手に歌ったらチャメをやる」

といった。乞食はなおも、

「ちょうだいよう」

と泣きつく。店主は、

「歌えよ。歌わなきゃ」

という。

嫌な奴だ、と李長流は店主を評した。やるならすんなりやればいいものを。なぶるような真似をして何なんだ、こいつは、と感じた。韓国人は碌な奴らじゃない、と思う。

乞食はおずおずと歌いだした。始めはメロディーも歌詞もあやふやだったが、その内に、歌らしきメロディーが出て来た。店主は、

「そうそう、その調子」

と手拍子を始める。その様を見て乞食も興に乗ってきたようだ。言葉もままならないまま、

「おう、おう」

と体を揺らし、声を大きくして歌い続ける。

やおら店主は側のチャメを両手に掴むと手の平を上向きにした。そして軽やかにステッ

プを踏みながら自分で歌い始めた。朗々とした歌声が市場中に響く。すかさずあちこちから合いの手が入る。市場の客や商売人は背を伸ばして歌声の方を見る。店主はチャメを両の手の平に乗せたまま軽いステップを踏んで歌い続ける。あちこちから掛け声がかかり、手拍子が湧く。

乞食は更に興に乗り、

「おうおう」

と腰を振って踊り出す。

心地よく歌い終わると店主は、持っていた二つのチャメを乞食の手に押しつけながら、

「よう歌った」

と声を掛けた。かみさんがそれを制止するのかとみていたら、「全くこの人は」といった表情で、腕組みをしたまま渋い顔で見下ろしている。

市場は瞬間でまた元のざわめきを取り戻した。何事もなかったかのように、再び時間が流れ始めた。乞食はチャメを腕に抱いてよろよろと市場を出て行く。実に嬉しそうな顔をしていた。店主は何事もなかったかのように商売に戻った。

李長流は考える。あの瞬間、店主は心の底から乞食と楽しんでいた。自分は乞食に恵む

ことはあっても、店主のように共に楽しむことはない。そんな度量は自分にはない。そして店主は自分が楽しませて貰った対価としてチャメを与えた。俺にはできないことだ、と彼は考えた。

彼は韓国を批判ばかりしている自分の態度を反省した。あれが韓国の本当の姿なんだと思った。弱者を弱者と見なさず共にある。自分は傲慢すぎたと彼は考えた。そして、韓国に来た甲斐があったと思った。

ブナの森

1

マイクロバスは山道を、苦しそうな唸り声を上げて走る。木漏れ日が葉の動きに合わせて煌めいている。麓の駅から暫く行っただけで携帯電話の電波は圏外になった。下界は真夏でアスファルトの照り返しがきつかった。マイクロバスの車内はエアコンが利いている。乗客の内、健康なのは李長流《イチャンニュ》とあと二人の会計士だけで、他の五人は癌患者とその家族である。いずれも末期の癌患者だろう。医者に余命宣告をされ、死ぬしかなくなった人たちである。彼らは一縷の望みを抱いて、癌が治るといわれている秘湯を目指していた。

人はいずれ死ぬ。人間の死亡率は百パーセントだ。加えてこの世には、死んだことがあるという人などいない。人は一度去るだけだ。誰も戻ってこない。

どうして自分はここに居るのだろうと思う。どこから来たのだろう。そしてどこに行くのだろう。幼い頃はそんなことばかりを考えていたはずなのに、大人になって仕事を始めるとそんな疑問を忘れてしまった。自分がしなければならないことがあるんじゃないのか、という漠然とした疑問はまだ心の片隅に残っている。しかしそれは家族を養うという日常の雑音にかき消されていた。

人は目の前の事象に規則性を見出そうとする。詩人は四季をうたい、天文学者は重力の法則から宇宙を探る。規則性や法則には神の意志があるに違いないと昔の人も現代人も考える。多くの天才の営為で科学は進歩した。しかし一方で、詩人の心は片隅に追いやられた。さて、自分は神の手の平の中で生きてきただろうか？　そんなことを思ったりもするが答はない。この世には出て来たけれど、何もできずに消えていくだけのようだと、感じる。今のところ自分は生きている。明日もおそらくは生きているだろう。それだけのことだと考える。死ぬときまで生きているのが、自分の使命なのだろう、と思う。

対向車は滅多にやって来ない。夏の強い日差しに鬱蒼とした木々の葉がきらきらと輝いている。車内はクーラーが利いているので涼しい。マイクロバスは山道を登り切り、平坦な道に出た、急にエンジン音が下がる。バスは淡々と進む。やがて左手にダム湖が見えてきた。うねうねと続く道は太陽に熱せられて空気が揺らいでいるのが分かる。この辺りのダムには強制連行された朝鮮人が作ったものもある。もしかしたらこれもそうかも知れないな、と頭の片隅で思う。

ダム湖の水面はかなり下がっていた。青々と茂った森と静かな湖面との間に、醜悪な赤茶けた地肌が露出している。高さ数メートルの赤土は、湖面に沿ってうねうねと、どこまでも続いていた。道路の近くでは湖底が現れている。

「渇水だね」

と軽い調子で横山聖一がいう。歳は六十近い。黒眼鏡を掛けた丸い顔に、丸い目が付いている。鼻の下にはふさふさとした髭をたくわえていた。彼は李長流を見て同意を求めるように頷く。それで李長流も、

「ええ」

と頷き返した。彼は五十代の半ばだった。

「これじゃ断水だわ」

と藤本あつ子。彼女は五十歳ぐらいである。しかし歳より十歳は若く見えた。

マイクロバスが向かっている里湯温泉郷は、癌が治るということで有名だった。李長流は全く知らなかったが、近年は口コミで噂が広まり、多くの末期癌の患者が押し寄せていた。温泉郷には五件の旅館があった。その中で最も大きな温泉宿が白玉温泉旅館で、客室が二百部屋あった。多くの客室はワンルームマンションのような作りで、長期滞在が可能だった。

白玉温泉旅館は新館を建てるために多額の投資をした。その結果資本金が五億円を越え

てしまった。会社法の規定では資本金が五億以上になると会計士の監査を受けなければならない。その仕事を横山聖一が獲得した。横山は親しい藤本あつ子に応援を求め、彼女は更に李長流に応援を求めた。こうして健康な三人が、癌患者が最後の望みを託す温泉郷に来ることになった。

横山の話では温泉ホテルには携帯電話の電波もテレビの電波も届かないということだった。テレビは衛星放送だけ入るらしい。陸の孤島である。

李長流はひょんな事から会計士になった。妻が「会計士になって、生活ができるようにして」というので、いわれるままに勉強した。元々大学の頃は会計士になるつもりだった。しかし国家試験資格ガイドブックの弁護士や会計士の欄には、外国籍の者には受験資格がないと書かれていた。数年の後《のち》、それは間違いだったと分かるのだが、当時の彼は間違いの可能性すら思いつかなかった。「どうせチョウセンだ。生きる道はない」と自分で自分を卑下していた。そして全く勉強をしなかった。

差別で恐いのはこの点である。自分で自分を差別するものは、他者の差別を易々と受け入れてしまう。自らが差別者の目線に立って自分を差別し、決して差別と戦おうとしない。

多くの人は年収で自分を差別し、高卒だからと自分を差別し、三流大学だからと自分を差別する。デブだから、背が低いから、ブスだからと自分自身を差別する。そんな自分で自分を差別するものは、自分を差別に値するクズに作り替えてしまう。

多くの在日は自分をチョウセン人だと差別し、自分を、日本人が抱くステレオタイプのバカでダメなチョウセン人に作り替えてしまう。目の前でそんなことをしている父親を見ていたのに、彼もまた、自分で自分を差別して、会計士になることを諦めた。

やればできたよ、という彼を見て、妻がいった。

「じゃあ、やって見せて」

いうんじゃなかったと思ったが、もう遅い。

「しょうがねえなあ」

と彼は勉強を始めた。

神と対したとき、人は何をいっても許される。しかし他者と対したときは、結果が全てである。やればできたは通用しない。それなら、やれば良かっただろ、ということになる。その通り。やらなかったのは自分である。分かっているのだ。しかし人はそれでも愚痴りたくなるときがある。

彼は仕事中の雑談で藤本あつ子に、かみさんに迫られて仕方なく勉強したという話をし

た。彼女ははそんな話を聞くと、

「会計士は『しょうがねえなあ』で取れるほど簡単な資格じゃないですよ」

といって彼を暗に褒めた。しかし彼は素直には喜べない。在日で彼と同年代以上のものは、能力があっても合格できなかったからだ。当時はみな受験資格がないと思わされていた。やれば合格できた多くの在日が受験の機会すら持てず、土方仕事をしたりタクシーの運転手になるしかなかった。自分で自分を差別していなければ道は開けたが、そんなことは凡人には無理だ。だから彼は、在日で初めて弁護士になった人を天才だと思っていた。日本人も在日も誰もが差別を当然だと思っていたときに、たった一人で「ノー」といい、弁護士になることを日本に認めさせたのである。こんなことは天才にしかできないと彼は思った。そんな天才のお陰で彼も、「弁護士になれるんだったら、会計士にだってなれるはずだ」と受験を決意した。彼のような二番手には前例がある。前例を作りだす人間には、当然のことながら前例がない。できないことをできるようにするのは天才である。

自分はたまたま運が良かった、と彼は思う。それは妻が自分を拾ってくれたときから始まっている。彼女が自分を拾ってくれなければ、自分は世の中に能力を示す機会を得られず、そのまま地方の陋屋で朽ちていたことだろう。

彼の妻には多くの人が求婚していた。求婚者の中には金持ちも多くいた。しかし彼女はそれらを全て断って、当時は雑貨屋をしていた貧乏で何も持ってない彼と結婚した。彼女はその後、踊りの道を究めたいからと、その道に邁進した。金が足りないと彼に資格を取らせて貢がせた。韓国の人間国宝の名取りになりたいと思うと、彼を韓国で駐在員になるようにした。家族は五年間韓国で暮らした。結果としてそれらは全て彼自身のためにもなった。彼は自分が妻の無茶振りで救われていることを知っていた。

妻が名取りの試験を受けるとき、在日には受験資格がないといわれた。彼女は彼に、

「なんとかして」

と詰め寄った。

「会計士になって」

といったときと同じ乗りである。彼女は困るといつも彼に、

「何とかして」

といった。この時も彼は、

「しょうがないなあ」

と韓国の文化財管理局に行って、在日に受験資格が無いという、根拠条文があるのかを

尋ねた。一週間ほどして担当者から返事があった。

「根拠条文はありません。受験に制限はありません」

韓国の舞踊関係者はみな、在日には名取りになる試験の、受験資格がないと信じ込んでいた。彼はそのような根拠条文があるなら、憲法違反だと訴えて三十年ぐらい裁判をするつもりでいた。しかし案に相違してそのような規程はなく、韓国国内の関係者が勝手にそう思い込んでいただけだったと判明した。彼は自分を在日だからと差別しなかったお陰で一つのブレイクスルーを作ることになった。彼の妻はその後受験して、在外韓国人としては初めて人間国宝の名取りになった。それまでの在日は韓国内の常識を疑おうとせず、名取りになる機会を逃していた。日本でも韓国でも、差別を受け入れたものには、道はとざされたままだった。

他人が作った壁は越えられる。しかし自分が作った壁は越えられない。万人は自分で自分を差別しながら生きている、と彼は思いを新たにした。より良く生きるには、自分で自分を差別しないことだ。

自分は、と彼は思う。父親に「無能だ」と罵られ続けたせいで、自分を駄目な奴だと思い込むようになっていた。自分で自分を差別して、父親が望む無能な人間に自分を作り替えようとしていた。しかし己を駄目人間に作り替えるのは心を殺してしまうことだった。苦しいから彼は何も考えず、何も期待しないでただ息をし、飯を食うという生活を続けていた。そんな無気力な彼を妻が救い出した。お陰で彼は東京に出て、会計士になり、自分に能力があったことを示すことができた。生まれて以来彼は自分にマイナスのイメージしか持っていなかった。それで死ぬまでには何とかゼロに戻して死にたいものだと考えるようになった。それが父親に対する答だった。子供を生きていけなくしたアンタの価値観は間違っていたよと、あの世に行って、そういってやりたいと思っていた。

父親の価値観は韓国式儒教によるものだった。子供は金を稼いで親孝行をしなければならないと信じていた。だから父親は子供の稼ぎを全て取り上げて当然だと思っていた。

良い大学に行き、出世をし、金を稼いで父親にみつぐ。そんな馬鹿げたことのために勉強なんかしたくないと彼は思った。そして「何で韓国人はみんなこうなんだ」と、韓国とは何かを勉強し始めた。学校の勉強はしなかったから、成績はビリに限りなく近かった。

五十も過ぎて彼は思う。在日の二世は殆どが生まれついての「嫌韓派」だろう。親が持つ韓国的価値観のせいで、自分が生きるのを邪魔され続けたのだから恨みは、骨髄に徹している。日本人が韓国人を嫌う以上に、多くの二世は韓国を嫌っていた。しかし日本人なら「韓国大嫌い」で済むのだが、自分も韓国人の一員であるから、それでは済まない。なぜ韓国人はそういう価値観を持ち、そのように行動するのか。原因は何なのか。そしてどうすれば改善できるのか。改善すべき必然性はあるのか？　もし改善の必然性がないのなら韓国は駄目なままで居ればいいのである。ダメというのは多くの場合、日本文化を善としての判断だからだ。日本が善という根拠は何もない。それは相対的なものだ。それは日本という地理的な位置と歴史とを踏まえて判断したものに過ぎない。韓国を基準にすると、日本は間違いになる。だから、今後の国際経済の中で生き残れるのかどうかが判断の基準になる。その視点から見て、韓国の価値観は妥当なのかどうか、そういう議論ができなければならないと彼は思っていた。

五年の韓国駐在員時代のあいだに多くのものを見た。韓国は賄賂社会だった。小学校の先生に賄賂を渡すのが嫌で、彼は自分の子供を日本人学校に入れた。自分が失った韓国文化を学ばせたかったが、しかしそれよりも賄賂を渡すことの方が嫌だった。日本で育った彼は、いつ、誰に、幾ら渡せばいいのかが分からなかった。これではこの国で生きていけない、と彼は悟った。彼は日本に戻った。あとはかみさんが望むままに生き、寿命が尽きたら死ぬだけだろうと思っていた。

マイクロバスは山道を走っていく。道路脇の道に沿って、白と赤を交互に塗った三メートルほどの高さのポールが一定の間隔で立っている。

「あそこまで雪が積もるということですか？」

と李長流は横山の顔を見て聞いた。横山は眼鏡の奥の丸い目を一度見開いてからほほえみを浮かべ、

「そうなんだ。冬はね、三メートル近い雪に閉ざされるんだ。十二月になると道は封鎖されるし、外界との連絡もままならなくなるしね。物資は雪上車で運ぶんだよ」

「へええ、凄いところですね」

「そんなところに近代的な鉄筋のホテルを二棟も建てたんだからね。ここの社長は大したもんだよ。うん」

またもへええ、と李長流は声を立てずに頷いた。

ホテルに着いた。立派な鉄筋コンクリートの建物である。それが二棟、森の中にそびえている。マイクロバスを降りると、十人ほどの作務衣姿の女中さんたちが、玄関前で整列し、「いらっしゃいませ」と頭を下げる。ほんのりと硫黄の臭いが漂っている。周囲は鬱蒼としたブナの森である。熊や狸しかいないんだろうな、と思わせる樹海が、どこまでも

広がっていた。日向は直射日光で暑いが、日陰では風が心地よい。酸素がたっぷり含まれている感じがする。

館内に入るとエアコンが軽く効いていた。フロントでホテルの人に来意を告げる。直ぐに奥から経理の人が出て来た。歳は四十前といったところだろうか。実直そうな彼は笑顔を浮かべた。

「やあ先生、お待ちしていました」

李長流たちの横を同じマイクロバスで来た客が、荷物を持った女中さんに案内されていく。やせ細ってのろのろ歩いている人が癌患者なのだろうと思う。

横山聖一は宿泊カードに記入をする。李長流と藤本あつ子は名前だけを書く。それから客室に移動する。経理の人に案内されてエレベーターに乗ると、正面の壁に警告文が貼られていた。

〈病気が治るといって宗教に勧誘することを禁じます。勧誘している人を見かけたらフロントにお知らせ下さい。〉

死を前にして、気持ちが弱くなった人間に取り入ろうとする輩が居るのだろうと思った。

李長流は一遍聖絵《ひじりえ》を思い出した。癩病患者と思われる、白い布を顔と手に巻いた男女が聖《しょう》人《にん》を必死に拝んでいる場面である。心が弱っている者には聖人と詐欺師の区別がつかない。苦しい者は救いを求める。それは人情である。在日コリアンの中にも何らかの宗教に救いを求めている者は多い。

李長流の母親は日本人だった。母はエホバの証人を信じていた。福音が広まれば神の支配が始まり、自分たちは復活させて貰える、と信じていた。母親は何度も彼を宗教に誘った。しかし彼は断る。母を指導していたエホバの証人は、気品のある四十歳代の女性だった。彼女は、

「永遠の命が得られるんですよ」

という。高校生だった彼は、

「復活があり、やり直す機会が与えられるのなら、俺は努力しないよ。今が駄目なら次頑張ればいいだけじゃない？　だったら、何の努力もしなくなるね、たぶん。今しか無いと思うから、知る努力をするんだよ」

エホバの証人はいう。

「永遠に生きられれば、永遠に学ぶことができるんですよ」

彼はいう。

「永遠とは、全てが分かるということと同義ですよ。全てが分かるなら、人間は神になってしまう。永遠とは、人間が神になるということですよ。それはキリストの教えに反するでしょう?」

彼女は静かに頷く。勢いづいた彼は続ける。

「だから人は永遠に生きることは出来ないし、神にも成れないですよ。復活や永遠の命というのは、論理矛盾です。人は神には成れないんだから、復活をしても永遠には生きられません。永遠に生きると神になってしまいますからね」

しかし彼女は永遠に生きても人は神には成らないといった。永遠の定義の仕方が違うな、と彼は感じた。

彼が思うに、祈れ、帰依しろ、そうしたら救ってやるというのは、取引だった。救いが商品で、信仰が代価である。取引を前提にして成立する神は、人間が作った神だった。本当の神は人間が認めようが認めまいが存在するものである。地球を太陽の周りに転がし、銀河系を回転させ、宇宙を膨張させているのが本物の神である。俺を信じるなら救ってやるぞという神は、取引で成立する神だから、人間が作り出した神だった。そんな神を人は「マイゴッド」と呼ぶ。「マイ=私の」神《ゴッド》である。自分にとって都合がいい神だけが「マイゴッド」になる。自分を救ってくれない神は神ではないのである。そういう、救うか救わないかという取引の結果に意味がある神は、人間が作り出した神でしかないと彼は思っていた。人間がでっち上げた神を彼は信じたいとは思わなかった。本当の神は取引をしない、と彼は信じていた。

館内の廊下には水色のカーペットが敷かれている。掃除が行き届いており、清潔だった。薄暗い廊下を歩いて、とある部屋に入った。監査の場として、広い客室が用意されていた。部屋に入ってから、皆は名刺を交換した。最初の人物の名刺には、経理課長阿部克則、とある。それから総務部長と経理のスタッフ二名が続く。

部屋は右が畳部屋で左がベッドルームだった。ツインベッドの手前に四人が座れる会議用の机がある。奥のベッドの足元にはコピー機が用意されていた。会社のスタッフが部屋を出てから、三人は腰を下ろす。お茶を飲みながら打合せが始まる。

横山は丸い顔に笑みを浮かべて話す。

「リスクアプローチのチェックリストは藤本さん、お願いします」

「はい」

「基本的にはC《シー》アンドL《エル》アプローチと同じだと思っているんだ、俺は」

「そうですよ」

と藤本あつ子が軽く頷いて同意する。C《シー》アンドL《エル》というのは、クーパース、アンド、ライブランドの略で、かつての外資系の監査法人の名前である。李長流がそこに入ったころは、ビッグエイトと呼ばれた世界の八大会計事務所の内の一つだった。

彼は初め、日本系の監査法人に面接に行った。当時は会計士は売り手市場で、試験に通りさえすれば誰でも雇ってくれた。面接を担当した監査法人のえらいさんがいった。

「李《リ》君。君を雇うことは全然問題ないし、本名でやりたいというのも問題ない。しかしクライアントが、君が韓国人であることを理由にメンバーから外せ、といってきたら、我々はその会社と契約破棄をかけてまで戦う気はない。ビジネスを優先させて君をメンバーから外すだろう」

正直な人だな、と彼は思った。俺だってそうなったらそうするよ、と頷いた。飯は食えてなんぼである。死んでまで守らなければならないプライドなど殆ど無い、と彼は知っていた。生きてさえいれば反撃のチャンスはある。面接のえらいさんはいう。

「うちはクーパースと合併して、そこを国際部とすることにしている。そこは外国企業だけを見ているから、今いったような問題は起きない。だから君は、国際部に行かないか？

それにクーパースには韓国から会計士が研修に来てるしね」

その時初めてインターナショナルな研修制度があることを知った。いきなり韓国で暮らす可能性が見えてきた。

「じゃあ、そちらに行きます。よろしくお願いします」

そんな経緯で彼はC《シー》アンドL《エル》に入った。いわば差別のせいで、そのような結果になったのだが、しかしこれは結果として大正解の選択だった。

外資系の監査のやり方は、国内系とはまるで違っていた。その結果監査人の能力にも雲泥の差があった。国内系の監査法人でまともに監査ができる人間は少なかった。そして粉飾を見抜けず、世間から多大な批判を浴びるようになっていた。社会は会計士に厳格な監査をするように求めた。会計士協会はその意向に沿ってマニュアルの整備を進めた。近年の監査技法は、彼らが二十年前に習った方法と大差がなかった。

「日本の会計士は楽《らく》しすぎたのよ」

と藤本あつ子。

「だから『みすず』も破綻するのよ」

と日本で初めて破綻した監査法人の名前を挙げる。そこはかつて李長流が面接を受けた監査法人の後の姿だった。藤本あつ子は監査調書を出しながら続ける。

「みすずは名前が悪いから潰れたという人がいるわね。どうしてだか分かる？」

さて、と考えるが、李長流にも横山聖一にも分からない。

「みすずは、ミスの複数形だから、ミスばっかりしてるということよ。ｍｉｓｓズ、ね。そんな名前をつけるから破綻したというのよ」

どっと笑いが起こる。

「うまい。座布団一枚。いや、三枚」

と李長流は藤本あつ子を見ていった。横山は、

「ｍｉｓｓ、ズ、か。ひどい名前をつけたもんだ」

という。それから、

「英語なんて簡単なのに」

と英語の解説を始める。自分はC《シー》アンドL《エル》に入って、英語の研修を六ヶ月受けて、その時初めて本格的に英語の勉強を始めたけれど、実に簡単なので驚いた、という話だった。

「いいたいことをいって後から言葉をくっつけていけばいいだけだもの。to不定詞を繋いだり、現在分詞や過去分詞を繋いだり、関係代名詞をくっつけていけばいいだけだもの、

簡単だよ」

李長流は、なんだ、このタイミングで自慢話するかね、と感じた。それは彼自身が大して英語ができない引け目があるからかも知れなかった。横山は以前の打合せ後の飲み会で話したところによると、三十も若いルーマニア美人と結婚したということだった。片言のルーマニア語もできるらしい。語学の才能があるようだったから、本当に彼にとって英語は簡単なのかも知れなかった。

仕事は五時半に終わる。

「晩飯は六時半ね」

と横山。皆は仕事で使っていた部屋を出て各人の部屋に向かう。李長流は横山と相部屋だった。横山はそそくさと浴衣に着替えて風呂に行く。

「李さん、出る時は部屋に鍵掛けて出ていいからね」

はい、と応えてから、李長流はテレビをつけて一通りどんなチャンネルが映るのかを見てみた。なるほど、地上波は映らない。ＢＳだけだ。それから彼も浴衣に着替えて風呂に向かった。

風呂場は向かいの棟にあった。こちらの棟にある売店の前の赤いカーペットの廊下を行くと、向かい側の棟につながる。突き当たりにマッサージコーナーがあり、そこを右に曲がると風呂がある。「男湯」「女湯」ののれんが掛かっている。

マッサージコーナーには医者が着るような、ボタンを肩で留める半袖の白い服を着た女性が立っていて、微笑みかけてくる。背の低い、目立たない感じの人である。

「マッサージいかがですか?」

と、声を掛けてくる。上手な日本語だが、発音とイントネーションが微妙に中国人っぽい。李長流は興味が湧き、彼女に聞いた。

「食事のあとにしてもらいたいんだけど、予約できる?」

「何時からですか?」

歳は四十歳ぐらいだろうか。骨太な感じで、中国の農村出身のように思った。彼はいう。

「八時からはどう?」

彼女は四角いボードを取り出して紙をめくる。

「七時から九時半までは、予約が入っています」

「あっそう。何時に終わるの?」

「十時です」

「じゃあ、三十分しかないんだ」

「はい」

「その頃は、寝てるかも知れないしな。じゃあ、明日の予約はできる？」

「はい、できます」

「では、明日の夜、八時」

彼女はボードにメモを取る。

「時間はどのくらいにしますか？」

「そう。三十分は短いよね」

「皆さんたいてい一時間くらいします」

『くらい』の『くら』が中国人ぽく訛った。李長流は親しみを感じる。在日コリアンの一世も皆こうやって苦労してきた、と思う。

「それでは一時間予約します」

料金表は壁に貼ってある。一時間は七千円だ。贅沢してみよう、と思う。

彼の父親は家族に無駄遣いを禁じていた。立ち食いそばを食べるのにも文句をいうような人だった。そうやって貯めた金を韓国に持っていっては、自分が大成功したかのように吹聴して散財していた。そのせいで彼は一人で外でものを食べる度に罪悪感を感じた。妻が金を使うことは何とも思わなかったが、自分のために金を使うのは罪悪感との戦いになった。その性癖は五十歳を過ぎても未だ直せなかった。七千円は彼にとっては大金である。とんでもない贅沢だった。しかし一生の間に何度もないことだと彼は自分の心に弁明をした。そういう儀式をしないと彼は金を使えなかった。それから彼女に、

「中国から来たの?」

と聞いてみる。

「はい。しんよう、というところです」

一瞬「信用」と思うが直ぐに「瀋陽」だと思い当たる。

「シェンヤン?」

「あら、ちゅうごくご、知ってます?」

「ううん、知らない。シェンヤンだけ」

東京の上野に中国女性ばかりのクラブがたくさんあった。そこへ在日の経営者たちと行ったことがある。大人しくて控えめな女性が同席したので聞いてみると、中国では小学校の先生をしていたということだった。彼女は酔客をもてなせず、浮いていた。このまま

飲み屋で稼ぐのは大変だな、と思う。その女性の出身地が「シェンヤン」だった。

　そんなことを思い出しながら彼はマッサージの女性に聞いてみる。

「どうして日本に来たの？　出稼ぎ？」

「結婚しました。日本人の人と。夫は配管工。水道工事してる」

「そうなの。たまには中国に戻るの？」

「来年、きゅ正月に戻るね」

「シェンヤンには家族がいるの？」

「息子がいるね」

「へええ。息子がいるの？　息子は誰が見てるの？　お婆さん？」

「子供の父親が見てるね」

　え？　それってつまり……夫だろう？　と思う。しかし日本にも夫がいるという。一瞬混乱したが、直ぐに彼は状況を理解した。それで確認のために聞いてみた。

「マッサージはどこで習ったの？」

「日本に来て、教えるところに行って習いました。それでここに派遣されてます」

「学校が教えて、学校が派遣してるんだ」

「うん。そう」

「お家はどこ？　十時に終わってから戻るのは大変でしょう？」

「十一月三十日に下に降ります。それまでここに泊まってる。十二月一日からここは、来れなくなるから」

　夫とは離れて暮らしているのか？　じゃあ間違いないな、と思った。

　彼女は日本に出稼ぎに来るために偽装離婚をしたのである。日本人の亭主は戸籍を貸しているだけだろう。そしてマッサージ派遣会社でマッサージを習い、八ヶ月間温泉宿に泊まり込んでマッサージをしているわけだ。彼女の取り分はどのくらいだろう。七千円のうち、二千円がホテルの取り分だろうか。残りの五千円のうち、三千円から四千円が会社の取り分だろう。彼女の収入は千円程度ではないだろうか。おそらくはそんなもんだろう。その程度の稼ぎでも中国にいるよりは金になる。怖らく何倍も稼いでいるだろう。だから愛しい夫と子供を中国に残して日本に出稼ぎに来たのだ。何ともたくましい「母ちゃん」だ、と思う。

「今から三十分でもマッサージしませんか？」

「悪いね。今から風呂に入るよ」

「そう。では明日ね」

「うむ。じゃあね」

　彼は風呂場の、のれんをくぐった。浴衣を脱ぐ。浴室の入口にハングルで書かれた注意書きがある。いわく、湯船に浸かる前には体を良く流して下さい。タオルを湯船につけてはいけません。体を拭いてから上がらなければなりません。タオルを浴室に置きっ放しにしてはいけません。等々。詰まるところ韓国人はここに書かれている、してはいけないということの全てをしているのだった。

　韓国の駐在員時代に、韓国のゴルフ場の風呂場で見て驚いたことが、そこにはそのまま書かれていた。韓国人の精神は李朝時代のままである。常に相手を自分より上か下かの関係で捉える。下だと思うと、その者をゴミのように扱う。自分が使ったタオルを風呂場の床に投げ捨てて平気だ。それは下人たちが拾い集めるからである。それをしてはいけないというハングルの注意書きがあるということは、韓国人の上流階級の癌患者が、この温泉にたくさん来ているということを意味していた。

　引き戸を開けて浴室に入る。硫黄の臭いが体をどっと包み込む。床も湯船も木でできている。入口の横の湯だまりで掛け湯をして体を流し、湯につかる。酸性が強いらしく、ピリピリと肌を刺す。目がちかちかと痛い。それでも手前の湯船は元の湯を半分に薄めたものである。真ん中は七十五パーセント。一番奥の湯船は薄めていない。元湯のままである。手前の湯船には二人、真ん中も二人、奥の湯船には一人の男が浸かっていた。洗い場の方にも数人の男がいた。李長流は試しに元湯に浸かってみた。肌をビリビリ刺して一分が限度である。彼は直ぐに上がった。しかしやせ細った男は、身じろぎもせずにその湯に浸かり続けている。病気を治すために業《ぎょう》を積んでいるかのような雰囲気だった。

李長流が理想とする生き方は、中国、唐の時代の玄奘《げんじょう》法師のような生き方である。玄奘法師は、三蔵法師として有名だ。インドから戻った彼は、一生を経典の翻訳に当てた。ある日死期を悟ると、西に向かって手を合わせ、今まで自分がなすべきことをなせたことに感謝し、従容として死についた。法師にとって死は特別なことではなかった。彼は日常の一部をこなすように、淡々と死んでいった。生きている間は淡々と生き、死ぬべき時が来たら淡々と死んでいく。自分もそうでありたいと彼は願った。ただ、彼には玄奘法師のように、なすべきことがなかった。それで死ぬときまで妻が望むままに淡々と生きていようと思っていた。

浴室を見回す。みんな奇跡を願って湯船に浸かっている。癌による死の淵から救われることを祈っている。

救いはどんなときに成立するか、と彼は若い頃に考えたことがあった。神や仏が助けてやるといっても、こちらが「結構です。地獄に落ちます」というなら、神も仏も救うことはできない。救われたいと願う者がいて、初めて救い、という行為は成立する。救いでは、神や仏という、救う者が主役ではない。救われる者の方が主役である。救いを求める者がいなければ、神や仏は失業者になる。そう考えて、神や仏は救われたい者が作り出した幻影だと理解した。救いの構造がそうであるならば、救われたい者が救いを求めた瞬間に、万人は救われるはずだった。救う神は人間が作ったのである。願えば必ず救われるに決まっていた。しかし本物の神はどうだろう。いい加減な願いを聞くだろうか？ 人間が作った神は何でも聞く。中世ヨーロッパの免罪符は金で悪いことをする権利を買う道具と化していた。現代でも告解をすれば良心はリセットされる。その後は、さあ、安心して悪いことをしてこい、ということになる。そんな取引ばかりをしている神ではなく、取引をしない神は、救いを求められたからといって簡単に救うことはないだろう。自分のいうことは何でも聞いてくれる「マイ」ゴッドから離れない限り、人が本当に救われることなどないに違いない。真実の神は取引をせず、本物の神は人間を必要としない。そんな神に対しては、人間はただ、祈るだけである。多くの祈りは聞き届けられないだろう。それでも人は祈り続ける。その姿は尊いと、彼は思う。今現在、湯船に浸かって奇跡を願い続けているこの男たちは、そういう観点からは、尊い。しかし殆どの願いは聞き届けられないだろう。

彼は湯船から上がった。そして湯に浸かり続けている男たちを見る。救われればいいな、と思う。彼は洗い場で手早く体を洗い、風呂を出た。

それから館内を一巡りした。監査をするときには現場を一通り見ておくのが普通である。そうしておけば仕訳を見ただけで現場の光景が浮かぶからだった。見学を終えると、売店の横の喫茶コーナーに座って、新聞を広げた。風呂から出て来た浴衣姿の横山が通りかかり、

「李さん、鍵頂戴。タオルを置いてくるよ」

という。李長流は懐から鍵を取り出して横山に渡した。

六時半になったので、李長流も部屋にタオルを置いて食堂に入った。食堂はお土産屋の向かい側にある。

食堂に入ると。正面と左側の全面がガラス窓になっていた。薄暮の中にどこまでも続くブナの森があった。素晴らしい眺望だった。多くの人がトレーに皿を乗せて料理の周りに

並んでいる。基本の料理はバイキング形式である。追加料金を払えば注文の品を作って貰える。

三人は乾杯をしてから C《シー》アンドL《エル》に入った当時の話を始める。三人とも浴衣姿である。

横山は李長流が入る二年前に辞めていた。藤本あつ子がいう。

「岸さんと川口さんがいると、一日中猥談ばかりしてるのよ。女性がいてもお構いなしね。今ならセクハラで訴えられるわよ」

「あの二人は好きだからなあ」

と横山。そして直ぐにつけ加える。

「しかし口だけだよ。実行力はない」

「そりゃあ、実行力があるのは横山さんぐらいのものですよ。六十近くにもなって、三十も若いルーマニア美人と再婚なんて、普通の日本人の男にはできませんよ」

「わはは」

と横山はわざとらしく笑ってみせる。

「俺は体力は二十代だからな」

「ほらほら、それがセクハラだっていうの。全くおじさんなんだから。李さんなんて十年以上も二人きりで泊まりの出張をしても何もないんだから」

　横山が二人を見ていう。

「そりゃあ、仕事だから、そこのところは、わきまえるよ」

「でも、川上って知ってます？　四国出身の」

「うん、川上。田端とよく一緒にいた奴」

「そうそう。あいつなんか、独立してから一緒に出張したとき、ホテルのドアの前で私の胸を掴んだんですよ。こうやって、ぎゅっと」

「へっ、ほんと？　そんなことをしたの？」

「そうですよ。だからいってやったんです。何ですか、この手は、って。そうしたらあいつ悪びれもしないで、ちっちゃいなっていうのよ。まったくやってられないわ」

「普通はそんなことしないよ」

「李さんは、うちの亭主が見たことあるんだけど、あの人なら大丈夫だっていってたわ。だって李さん趣味で生きてるし、報酬はお布施だものね」

「え？　お布施？」

「そう。くれれば貰うし、くれなければそれまでなのよね」

彼女に促されて李長流は、

「ええ、まあ」

と頷く。

彼は救いの構造を研究し、救いという行為を成立させる決定権は、救いを求める側にあると考えた。これと同じで、自分がサービスを提供している税理士や会計士の仕事も、相手に値段の決定権があると思っていた。こちらが百万だといっても、向こうが一万だといえば、それは一万である。こちらとしては仕事を諦めてゼロを取るか、一万で仕事をするかのどちらかになる。だから価格の決定権は相手にあり、こちらはくれるだけのものを貰うだけになる。自分の売値、つまり値段は相手が決める。その構造は救いの構造と同じであり、お布施にも通じていた。

「李さん、それは違うよ」

と横山は言葉にも態度にも力を込める。

「正当な対価は貰わなきゃ。我々は良いサービスを提供して、それに見合うべきものは貰うべきなんだよ」

「はい」

と李長流は頷く。議論する気はない。暇に任せてさんざん考えたことだ。結論には確信があった。価値と値段は違う。価値は自分で決めるものだが、値段は相手が決めるものだ。多くの者はこれを混同する。そのことを指摘して議論に勝とうとは思わない。彼はビールを口に運んだ。既に顔は真っ赤である。酒は強くない。酔うと眠くなる。部屋に戻ってこのまま一眠りすると気持ちがいいだろう、と思う。横山は続ける。

「どうしてお布施なの?」

「うむ」

と李長流は考える。本当のところをきちんと話す気力は湧かない。かといって雑談では話がうやむやになってしまう。それで短く答えることにした。

「我々の仕事は最大でゼロです。マイナスをどれだけ減らすかが仕事であって、この世にプラスを作ることはありません。だからお布施でいいんじゃないんですか? くれるだけ貰っていればいいと思います」

「李さん、それは違うよ」

と横山は真顔になる。

「マイナス百億をゼロにしたら、百億の経済効果があったと見るべきだよ。その時は我々は百億に見合う対価を請求すべきなんだ」

マイナスをゼロにしてもプラスになってないというのは、視点が一定の場合の見解である。マイナス百億をゼロにしたら百億であるというのは、視点がゼロからマイナス百億に移動した場合にいえることである。李長流は視点を動かすべきではない、といいたかったが、議論をする気は起きなかった。人様に迷惑を掛けない限り、その人が何を信じるかは自由である。本人がそう思うのなら、それが真実になる。そのことでその人が救われるなら、鰯の頭も神となり、百億も真実になる。重要なのは絶対的な真実ではない。その人が救われるかどうかである。人を救うことができるなら、どんな宗教も正しく、ゼロでしかないのに、それを百億と信じたとしても、それはその人にとっては正しいのである。彼はそう思っていたから、横山の発言に対して黙って頷いた。藤本あつ子が助け船を出す。

「横山さん、理屈っぽいわね。さすが全共闘世代」

「へへ、そうだろ?」

と横山は嬉しそうな顔をする。

「俺は日大闘争で豚箱にまで入れられたからね」

「えっ?　刑務所に入ったんですか?　本当の闘士ですね」

「違う、違う。豚箱は拘置所。判決前に入るところだよ。刑務所は有罪判決の後に入るところ。俺は取り調べだけで起訴猶予になったから、前科はない。デモをして、警察に捕まって、調書取られて、検察に行って、それで起訴猶予になって、無罪放免よ」

「へええ、そうですか」

「豚箱がどこも満員でね。あちこち空いているところに放り込まれるんだ。俺は神田に引っ張られた。検察に行くとそこも超満員さ。学生でごった返しているから、てきぱき片付けないと溢れてしまう。で、検察は大したことない奴は無罪放免、起訴猶予にする。ところが起訴猶予になった途端に、さっさと帰れというんだな。荷物は神田署にある。霞ヶ関から神田まで、ペラペラの警察のサンダル履きで帰らなきゃならん。囚人を乗せる車にも乗せてくれないんだ。起訴猶予になった途端に被疑者でもなくなるわけだからさ。神田まで歩くのは大変だよ。一円も持ってなかったから、検察に電車賃貸してくれといったんだよ。ところが融通の利かない奴らでね。電車賃貸してくれないんだ」

「へえええ」

藤本あつ子は体を乗り出して頷く。横山は勢いづいてデモ当時の話を始める。

「警察の機動隊は神保町から上がってくるんだ。俺たちは水道橋方面から警察を押さえ込む。スクラム組んで、角棒持って、凄い数の学生が集まってさ、道路が揺れるんだよ、人間の重さで。ザッ、ザッ、と歩くと、アスファルトの道路がユサ、ユサ、と揺れるんだ。警察も本気で殴ってくるしね。こっちは逃げ回るのに必死よ。石は飛ぶ、催涙弾は飛ぶ、警察に叩かれてヘルメットがどこかに行って、シャツが血だらけになっている奴がいるし、でね。で、捕まってみると、取り調べの刑事が日大の学生なんだよ。当時は、地方の高校出て警官になった奴で上を目指す奴は、たいていの奴が日大の夜間に通っていたんだ。で、その取り調べの刑事から昼間の大学に行けてるくせにって、さんざん嫌みいわれたけど、同じ大学に通っているから、学校当局のいい加減さも知っているわけだ。最後は同情してくれたよ。お前たちが怒るのも分かる。俺も昼間の学生ならデモに参加してるってね」

その後も彼は全共闘時代の話をした。李長流はへえ、ほう、と相づちを打ちながら聞いていた。デモ当時の彼は地方の高校生で、冷ややかな目でテレビを見ていた。そして、勝てもしない喧嘩ならしない方がいい、と思っていた。指揮する者がいれば、警官の背後を襲う部隊を作って、放水車や機動隊の車を奪う作戦を考えるだろう。それをしないで闇雲にぶつかっているだけのデモ隊を見て、指揮官がいないのだ、と悟った。詰まるところはガキが駄々をこねているだけで、本気で勝とうという気はない。そうであるならば、それはただの遊びでしかない。そんなことで日本を変えることはできないぞ、と彼は心の中で冷笑していた。

　横山は続ける。

「だから俺は、権力に対しては直ぐに挑むのよ」

　と彼は税務署が下した青色申告の取消を裁判に訴えて覆したという話を始めた。この話を聞くのは三回目だった。しかし李長流も藤本あつ子も黙って聞いていた。

　横山の髪の毛は鬢に少し白いものが混じっているぐらいで、殆どは黒く光っている。彼は黒縁眼鏡の奥の丸い目を細めていった。

「裁判官ってのは、税法も会計も全く分かってないからね。心情さえこちらのものにしてしまえば、勝ちなんだよ」

　李長流はふむと頷き、ウーロン茶のグラスに手を伸ばす。充分に酔ったので眠い。横山は李長流の反応がないのを見て、藤本あつ子に同意を求める。

「ねえ、藤本さんそうじゃない？」

「そうですね。議論の正しさと勝ち負けとは別ですものね」

　この意見には、実務に就いている多くの者が同意するだろう。実務では、正しいから勝つとはかぎらない。正しいかどうかと勝ち負けは別の次元の話である。李長流の経験でいうならば、税務署から修正申告を迫られている日本人の友人が相談に来たことがあった。数百万円の追加納税になるかどうかという案件だった。普通ならコンサルティング料を貰うのだろうが、友人だったので、彼は茶飲み話として話した。

裁判の結果を受けた物件を友人は買い、税理士は判決文に書かれた通りの金額で建物と土地の計上をした。税務署はその計算が間違っているというのだった。税理士は税務署に指摘されて初めて自分の間違いに気がつき、「本税以外は自分が負担します」と完全に白旗を上げていた。話を聞いて李長流はいった。

「税務署が正しいです。税理士も、裁判官も間違っています」

友人は多額の税負担を思ってがっくりと肩を落とした。しかし続けて彼はいった。

「会計税務の専門家から見れば、この裁判官は完全に間違った理屈で判決を書いていますが、この判決は既に確定しています。つまりこの判決は今のところ法律と同じ効果があるんですよ。だから税務署でこういって下さい。自分は判決通りの処理をした。しかし税務署はそれは間違っているという。自分としては納得がいかないから、税務署の職権で更正して下さい。私は裁判に訴えて、裁判官が書いた判決と、税務署のいうことのどっちが正しいかを裁判所に聞きたいと思う。だから更正して下さい。修正申告をする気はありません」

そして彼はつけ加える。

「日本の裁判所は会計学的真実よりも、法的安定性の方を優先させると思いますね。つまり、間違っている方を正しいというでしょう」

友人は初めに彼がいったことを税務署でいった。すると税務署は引き下がり、申告是認の決定を下した。税務署も負けると分かった争いはしない方を選んだのだった。かくして友人は税金を払わないですんだ。この件はいま考えても、税務署の方が正しかったと思う。しかし正しいからといって勝てる訳ではないのである。

怖らく横山も類似の経験からそう学んでいるのだろう。彼はあほな裁判官を巻き込めば勝てると思い込んでいた。

「だって俺は学生時代にデモをして拘置所に入っているからね。刑事の取り調べも、検事の取り調べも受けているんだよ。裁判なんて全然恐くないよ。普通の人は怖れるけどさ」

仲間に対して自慢話をしても始まらんだろうに、と李長流は思う。クライアントに対して自慢話をするのであれば、それは、自分を高く売りつける手段となるだろうが、仲間内では無意味である。一度一緒に働けば、相手の実力は分かってしまうからだった。専門家の能力は素人には分かりづらいものだ。中でも監査は、特に分かりづらいものだろう。できる人とできない人の区別は全くつかないに違いない。しかし専門家同士なら、クライアントに対する質問の仕方を横で聞いているだけで、その者の実力は分かる。初心者は矛盾点をつけないし、どこが矛盾しているかにも気づけない。だから自分を高く売りたいのなら、素人の社長さんに俺はできる男だとパフォーマンスをする必要があった。李長流自身は自分を高く売る気は全くない。報酬はお布施だと思っている。だから仕事が来ればいいし、来なければそれまでである。自分一人なら一月五万円もあれば生きていける。金が入らなくて困るのは、かみさんだけだ。彼女は舞踊活動を続けられなくなってしまう。だから自分に金が入るかどうかは、かみさんの運次第だろうと考えていた。

「いま争っているのはさあ」

と横山は話を続ける。彼は台座が切り子になっているグラスを持ち上げて日本酒を一口飲む。そして説明する。

その内容というのはこうであった。ある会社が中古の機械を東南アジアのある国に売った。その代金は未だ貰ってないので、売上にしなかった。しかし税務署は売上にしろという。それで裁判に持ち込んだのだった。そう聞いて李長流は、それは税務署の方が正しいだろう？　と思った。彼は聞いてみた。

「機械の検収はいつ終わったんですか？　前期中ですか？」

「うん、そうだよ」

　何と馬鹿なことをいうのだろう、と思う。横山の主張は会計を全く知らない者の発言だった。少しでも会計を知っている者ならこんな馬鹿なことはいわない。一緒に働くのなら、尊敬できる人と働きたいものである。こんな奴と働かなければならないのか、という思いが李長流の口を開かせた。

「横山さん、それだったらそれは無理筋ですよ」

　今まで静かに同意ばかりしていた李長流が反論をするので、横山は面食らったような顔になった。

「無理？　どうしてさ。だってお金が入ってないんだから税金なんか払えないじゃない？」

　いつ売上を認識するか、というのは会計の基本中の基本だった。横山のいっていることはその基本から外れたでたらめだった。そういう見解もある、というレベルですらなかった。李長流はいう。

「損益と現金が合わないのは、当たり前のことじゃないですか？　損益は発生主義です。現金の増減とは何の関係もないですよ」

「え？　そんなことはないよ。だって税金が払えないんだよ。それだのに売上になんかできないよ」

李長流はウーロン茶を飲む。

「まあ、無理ですね」

「ええ？　そうかなあ？　藤本さんはどう思うの？」

彼女は静かに答えた。

「まあ、無理でしょうね」

「え？　そうう？　二人とも問題、分かってる？」

横山は同じ話を再び繰り返す。そんな彼を見て李長流は、こいつは実力ではなく、パフォーマンスだけで生きてきた奴なんだろうな、と思う。素人には通じるかも知れないが、プロには通じない。黙って聞いていればいつまでも同じ話を繰り返すだろう。李長流は顔を上げてきっぱりといった。

「無理ですって」

横山はむっとした顔になる。そして口をとがらせていう。

「まあ、いいや。理屈が合っているかどうかじゃないんだよ。裁判官がこちらの味方になるかどうかなんだから。税金が払えないのに先に売上を上げろというのは不当だというこちらの主張の方が、説得力あると思うよ」

李長流は軽く溜息をついていう。

「会計を全く知らない裁判官だったら、勝てるかも知れませんね」

「そうだよ、そこだよ。勝てるかどうかなんだよ」

李長流は隣に座っている藤本あつ子の顔を見た。酔いで赤くなった彼女の目が、こりゃ駄目だ、といっていた。食堂の大きなガラス窓の外は、漆黒の闇になっていた。少し前の、どこまでも続くブナの原生林が心に浮かんだ。

部屋に戻る。早々に蒲団に潜り込む。自分が癌で余命宣告をされたら、という考えが浮かぶ。貯金はないし遺族年金もない。怖らく死のぎりぎりまで病院に行かずに働いて、家族に金を残そうとするだろう、と思った。自分自身のためにしたいことは何もなかった。十八のときに、会計士の受験資格がないと知ったときから、生きることは諦めている。だが家族を持った以上は、一円でも多くの金を残すのは、自分の責務だった。だからこの温泉に、湯治に来ることもないだろう。その内に眠ってしまった。

2

朝の四時半ごろ起きた。外はほんのりと明るい、顔を洗っている内に急に明るくなった。外に出てみると、水分を含んだ空気が心地良い。遠くの山並みには霧が湧き出ているようだった。ブナの葉が心地よさそうに風にそよいでいる。葉が擦れ合う音が聞こえる。近くの太い木を見上げると、葉が光を乱反射してきらきらと輝いていた。背後の山も、その奥に続く山並みも、全てがブナの森である。ブナは多くの水を蓄える。だから山全体が自然のダムのようなものだった。どんなに雨が降らなくても山は水をたたえている。ブナは存在それ自体が善だと思った。存在そのものが善というのは、素晴らしいことだった。李長流の理想とするところだった。

彼の父親は、周りの者をみんな不幸にする人だった。六歳で日本に来た父親は日本人の商家に丁稚奉公に入り、日本語も母語と同様に使えるようになった。バイリンガルである。しかし父が学んだ日本語には、朝鮮人は劣等民族だという言霊が潜んでいた。その結果父は朝鮮人でありながらチョウセン人が大嫌いな人間になった。その上に父は文盲だったから、そのコンプレックスの大きさは尋常ではなかった。

朝鮮人であることから逃れるために、父は日本人の女性を籠絡して妻とした。それがつまりは李長流の母親だった。母親は日本人の夫を持つ人妻だったが、父と不倫をして駆け落ちをした。婚家から逃げ出さなければ、不義の子を生むだけで罪は終わっていただろうに、母親は駆け落ちをしたので、その後も罪を重ねて姉を生み、そして李長流を生んだ。母はエホバの証人になって、神に許しを請い続けている。その姿が、子供たちの存在を否定する行為だとはみじんも考えていなかった。母はひたすら神にすがり、自分の罪が赦されることだけを祈っていた。

父親は無学文盲というコンプレックスの代償行為として、子供たちに議論を吹きかけては揚げ足取りをし、いい負かしては喜んでいた。ぐうの音も出ない子供を罵り、辱め、

「お前たちは学校に行って文字も知っているのに、こんなことも知らんのか!」

とバカにし続けた。お陰で子供たち三人は夢も希望も持たない人間に育った。特に李長流は生きる気力に乏しかった。何をやっても日本では報われないと信じ込まされていたところに、十八歳で会計士の受験資格がないと知ったときからは、完全に生きることを諦め

るようになった。

学生時代の彼は、生きていけない現実を前にして考えた。彼が思うに生きていけないことは、イコール死ではなかった。死ぬのなら、死ぬに足る理由が必要だった。しかし彼には死ななければならない必然性がなかった。生きると死ぬの間には、生きないという生き方と、死なないという生き方があった。死なないというのは、現代の引き籠もりのような生き方だと思った。生きないという生き方は、ただ目の前の出来事に反応するだけの、傍観者のような生き方だと考えた。生きていられない現実があり、死ぬべき理由がなかった彼は、生きないという生き方をすることにした。その後、三蔵法師を知ってからは、淡々と生き、淡々と死ぬような生き方を目指した。

ホテルの周りには人が踏み固めたような小道が続いていた。木漏れ日が漏れている、水分の多い空気の中を歩く。五分ほど歩くと、右に小道が続いている。何とはなしにそちらの道に入った。少し行くとブナは終わり、雑木林のようになってきた。道を歩きながらふと言葉が浮かんだ。

自分が自分だったころ、自分はまだこの世には居なかった。この世にいると気がついたとき、自分は自分ではなかった。そして彼は考えた。元いたところに戻るころには、元の自分になりたいものだ。父親に歪められた心を真っ直ぐにしてから死にたいものだ、と願った。

　遠くに小屋のようなものが見えた。近づくと板葺きの小屋で、広い屋根の下には大量の薪が積まれている。奥には土窯のようなものがある。釣り鐘状の窯なので、陶工が使う登り窯とは違うようだった。背後で人の気配がした。

「ヌグヤ」

　と韓国語が聞こえた。誰？　という意味である。こんなところで韓国語が聞けるとはと、不思議に思った。振り返ると、顔中皺だらけで、全身黒いすすで覆われたような男が立っていた。髪もひげも伸び放題だった。歳は分からない。老人のようでもあり、中年のようでもある。男は彼を見ると、

「タレ、テスカ」

　とつたない日本語を使った。それで彼は韓国語を使った。

「通りすがりのものです。あなたは韓国人ですか？」

「韓国？　いえ、朝鮮人です。しかしあなたは日本人のようなのに、どうしてそんなに言葉が上手なのですか？」

「韓国に住んでいたことがあるんです。自分は在日僑胞です」

僑胞というのは、その土地に住んでいる同胞を意味した。日本に住んでいれば在日僑胞。アメリカに住んでいれば在美僑胞である。韓国ではアメリカのことを美国といった。中国の表記をそのまま使ったからである。日本では米国と表記するが、中国では美国と表記した。男は聞く。

「韓国というのは、朝鮮のことですか？」

おかしな事をいう人だと彼は思った。もしかしたら北朝鮮からの密航者かも知れないと考えた。しかし北朝鮮の人でも韓国が何かぐらいは知っているだろうに、と思った。しかし彼は取りあえず、

「ええ。朝鮮ですよ」

そして聞いてみる。

「あなたはどうしてここに居るんですか？」

男は目で奥の窯を見て、

「炭を焼いているんです」

という。あれは炭焼き窯か、と納得がいった。続けて聞いてみる。

「韓国、いや、朝鮮から来たんですか？」

「ええ、まあ」

それから彼を上から下まで見て、

「あなたは僑胞だというが、どうしてそういう、いい身なりをしているんですか？　両班みたいだ」

彼の身なりは特別に良くは無かった。ただ、男よりはこざっぱりしているという程度だった。男は薪の横に置いているテーブルに腰を下ろした。そして彼にも座るようにと手真似で示した。男は湯呑みに水を注ぐ。それを出しながら、

「戦争はどうですか？　まだ続いてますか？　日本は勝ってますか？」

と聞く。何の冗談だ、と彼はいぶかしく思った。

「戦争というと、どこの国の戦争ですか？」

男は不思議そうな顔をした。

「日本の戦争に決まってるでしょ？」

戦争が終わって六十年ぐらいになる。悪い冗談だ。彼は考えた。この男は北朝鮮からの密航者で、山の中に逃げているのだろう。しかしそれにしては言葉は慶尚道の訛りで、北

朝鮮の訛りではなかった。いずれにせよ日本の警察に知らせれば強制送還されるだろう。彼にはそんなことをする気は無かった。あるいはもしかしたら頭に異常があって、今を戦前だと信じているのかも知れなかった。どうであれ、男は誰にも迷惑をかけているわけではなかった。彼は男に話を合わせることにした。適当に話を合わせていると男が話し出した。彼は強制連行されてダムの工事現場に放り込まれた。そこを抜け出して、三日三晩山の中をさまよい、この炭焼き小屋を見つけた。持ち主がある日やって来た。警察に通報されることを覚悟したが、意外にも炭の焼き方を教えてくれた。そしてできた炭を持っていくと、米や味噌、醤油を分けてくれた。

「だから戦争が終わるまで、ここで炭を焼いているつもりなんですよ。しかし先生は」

と男は彼のことを両班だと思ったらしく、先生と呼んだ。

「先生は下界に戻るんでしょ?」

「ええ戻ります。しかし心配しないで下さい。あなたのことは誰にも話しませんから」

「ああよかった。見つかったら、今度は兵隊にされて、人殺しを命じられるに違いないんです。そんなことは、強制労働よりも嫌ですよ」

彼は叔父のことを思いだした。叔父は日本で強制的に徴兵され、サイパンで玉砕した。

日本人として死んだのに、日本は、あいつは朝鮮人だからと何の保障もしなかった。理不尽だった。彼は、埃まみれの男をみたまま、

「そうですね。嫌ですね」

と頷いた。

「日本は勝ちますかね」

「いえ、負けます」

「本当ですか？　そんなことといっていいんですか？」

「日本は負けます。そして朝鮮は独立します」

「本当ですか？　独立できるんですか⁉」

「本当です。しかし自分たちが正しいという派閥争いがひどくて、自分たち同士で戦争を始めます。何百万もの人が死にます。朝鮮は、自分たちで改革をしなかったがために、アメリカとロシアの代理戦争をさせられます」

「先生はどうしてそんなにはっきりということかできるんですか？」

頭がおかしい人間にどうやって説明するのか？　彼は説明に窮した。取りあえず彼は、

「そうなるんですよ」

「そうなると分かっていて止められないんですか？」

「止められません」

ううむ、と男は腕を組む。

「独立は嬉しいが、そのあとに戦争ですか？」

彼は黙って頷いた。時計を見ると七時を回っていた。

「そろそろ行きます」

男はおずおずと聞く。

「また来ますか？」

「そうですね。もう一泊して明日の午後山を降りますから。そこの温泉ホテルに泊まってるんですよ」

「ああ、そうですか」

「明日の朝も来てもいいですか？」

「勿論それは構いません」

それから男は思い出したという風に、

「来るときに勝手なお願いですが、日本茶を買ってきてくれませんか。お金はないけど炭とか野菜なら上げることはできます」

「いや、炭は結構です。お茶を買ってきましょう。土産代わりにしますよ」

ホテルの売店にお茶があったはずだと彼は考えた。男はいう。

「日本に来て、お茶がおいしいのに驚きました。時々飲みたくなるんです」

それはそうだろうと思う。日本のお茶は韓国の水で入れるとひどい味になる。韓国の水は硬水なので、お茶の成分とミネラルが反応して色も味もがた落ちになってしまう。日本のお茶は日本の水で飲むのが一番おいしい。彼はホテルに戻った。

3

監査の仕事は九時から始まる。緊張が続くが、やがてお茶の時間となり、力が抜けて雑談が始まる。藤本あつ子がいう。

「あさ食堂でね、向かい側に座ったおばさんが、あなたはどこが悪いんですか？　私は胃をやられて、あまり食べられないんです、っていうのよ」

とコーヒーを飲む。

「ここに来てる人は、みんな癌主《がんぬし》さんだと思ってるのよ。だけどこっちは、がんもどきじゃない？　私はどこも悪くはない、とはいえないしね」

　そして彼女は冗談っぽく笑みを浮かべて、

「もっとも口と頭は悪いけどね」

　という。そして、

「だから、はあ、ええ、まあ、とかといって誤魔化したんだけどさ」

　それから岩盤浴の話をする。彼女の話が一段落して、李長流はマッサージ師の話をした。

「あのおばさん、偽装離婚して出稼ぎに来てると思うんです」

　そして彼はそう判断した根拠を話した。

「それは凄いわね」

　と藤本あつ子。

「ええ、凄い人生です」

　と李長流。

「いいえ、凄いのは李さんですよ。初対面の人からそれだけ聞き出すなんて、凄いですよ」

　彼は少し慌てた。

「聞いたのはほんの少しです。後は私の勝手な想像です」

「でも、たぶん当たってると思うわ。ねえ、横山さん」

「うむ。当たってるよ、たぶん」

横山は目をくりくり動かした。

夕方五時半で仕事は終わりである。皆は風呂に入り、夕食を採る。李長流は、酒は弱いので、その日はビールをジョッキ半分に留めた。部屋でテレビを見ている内に八時になったので、マッサージに向かう。生足《なま》が出るのはいやだったので、家から持ってきたパジャマのズボンを浴衣の下に穿いた。着くと、ちょうど前の客が帰るところだった。彼はいわれるままにうつぶせになった。ベッドに穴は空いてなかった。タオルの枕に額と顎を乗せて鼻を浮かせた。背中や首を揉んでもらう。気持ちがいい。やがて仰向けになってから、

「一日に何人ぐらいするの？」

と聞いてみる。

「七、八人かな？　多い時は十人以上」

「あさ、何時から？」

「十時から」

「じゃあ、十二時間？　お昼休みはあるの？」

「客がいないときが休み時間」

「ああ、なるほど。旧正月に戻るんだから、稼がないとね」

「はい。稼がないと」

一時間は思いのほか早かった。もう少し揉んで貰いたいぐらいだったが、次の客が待っていた。チップを渡そうかと思ったが、日本はチップの国ではない。韓国では迷わないが、日本では迷う。相手が、こちらが恵んだと取るのではないかと心配してしまう。一万円を出しながら、だが、彼女は中国文化で育った人間だ、とも考える。釣りはいいと言おうかいうまいかと迷っている内にお釣りが目の前に出された。七千円が正当な対価なのだ。偽装離婚であれ、彼女は真っ当に働いて、真っ当に稼いでいる。その生き方を冷やかすべきではないと思う。彼は三千円を受け取った。

「ありがとう」

と立ち上がる。

「ありがとうございました」

次の客が彼女の下にやってくる。李長流は部屋に戻って寝床に入った。

マッサージ師のおばさんの、日本の亭主が偽装でなかったとしたら、と考える。あるいは偽装であっても二人が肌を接するようになれば、その時は情が湧くだろうと思う。日本で子供が生まれれば、自分たち兄弟と同じ境遇になる。けれどもあのおばさんは、そうしたことを神に祈って贖罪するような人には見えない。新しく生まれた子供は割り切って、頑張って育てるだろう。しかし、できれば偽装離婚のまま中国に戻った方がいいと思う。待っている子供のためには、それが一番いい。中国の夫は、妻が日本の夫に抱かれるとしたらどんな思いだろうか、と考える。そんなことがあってはならない。偽装の方がいい、と思う。結婚がビジネスである方がよほどいい。そうでなければならない、と自分にいう。いつしか彼は眠っていた。

4

翌日彼は買っておいたお茶を持って炭焼き小屋を目指した。ブナの森に雑木林があって炭小屋があるというのは不思議だった。それに男は韓国人なのに、戦前の記憶で生きていた。違和感を持ったまま、彼は炭焼き小屋に着いた。

男は喜び、直ぐに湯を沸かす。李長流は、

「お湯はぬるい方が良いですよ」

という。

「おいしいお茶を飲みたかったら、水に半日ほど浸けておくんです。そうすると渋みが出ないうまいお茶になります」

「え？　そうなんですか。それは初めて聞きました」

男は故郷の話をした。生活は苦しかったが、移り行く自然を眺めているだけで幸せだったということだった。

生まれたところで死ぬ。それはつまり土から出て土に帰る、ということだった。大根を食い、土に戻って、大根になる。それを他の人が食って、また土に戻る。大きく見れば地球というものがつまり命の塊だと思う。循環をして人は繋がってきた。地球にはそういう法則性がある。法則は神の意志だ。法則を壊すものは、神に逆らうものとなる。人間が作り出した神ではない、本当の神に対する反逆だ。神に逆らうものはいずれ業火に焼かれるだろう。

「独立したら朝鮮に戻れますよ」

と彼はいった。

「戻れますか?」

「ええ、戻れます。だけどそこはもう、昔の朝鮮ではありません。皆がいがみ合い、戦争が起きます」

「じゃあ、日本に残るのがいいですかね」

「それもいいですが、二世は日本人になります。あなたが歳を取っても、三世の孫と意思疎通もできなくなります」

「朝鮮人の子なのに日本人になるんですか?」

「人は生まれた土地の文化で育ちます。日本で生まれると、朝鮮人でもアメリカ人でも日本人になります」

「先生は僑胞だけど、言葉ができますよね」

「私はできるようになりたいと思ったから言葉を学んだだけです。しかし多くの人は生活に追われて学ぶ時間などありません」

「朝鮮に帰れば戦争で、日本に残れば孫と話もできなくなるんですか?」

彼は静かに頷いた。男はぽつりといった。

「地獄ですね」

　そして彼を見て続ける。

「これが私のパルチャ（運命）ですか？」

「ウリナラ（わが国）のパルチャでしょう」

「どうしてそうなったんですか？」

　彼は少し考えてからいった。

「謙虚ではなかった。だから自然のあるがままを見ず、自然が指し示すサインを見落としたのです。両班が悪いのです」

　それから彼はつけ加える。

「そんな両班の存在を我々一人一人が容認していた。みんな罪人です」

「先生はクリスチャンですか？」

「いいえ。だけど誰か一人の責任ではなく、みんなの責任だと思います」

「ふうむ」

　と男は腕を組む。

　韓国人の多くは、自分は絶対に正しいと考え、誰か一人を血祭りに上げて問題を終わりにする。だから彼の考え方は韓国人的ではなかった。時計は七時を回った。彼は立ち上がる。

「来年もまた、仕事で来ると思います。それまでごきげんよう」

「ああ、そうですか。先生もお元気で」

彼はホテルに戻った。

5

仕事が始まる。現場で行う監査は今日が最後だ。彼らは午後のマイクロバスで山を降りる予定だった。その日最初のお茶を飲み終えるころ、横山が李長流に聞いた。

「李さん、昨日のマッサージ、幾らだった?」

李長流は横山の顔を見た。横山は事務的な表情である。

監査のアルバイトは、いわゆる顎足つきで、諸経費は全て依頼する方が払う。今回の費用でいうなら、旅費も食費も全ては横山の負担である。李長流は横山がマッサージ代まで負担しようとして値段を聞いたと思った。

「いいえ、いいですよ。マッサージは自分が行きたくて行ったんですから、自分で負担します」

「うん。それはそうなんだけどさ。彼女が売上を誤魔化してないか、どうかと思ってさ。夜の八時からだろ？　記録がないんだよ。どうも彼女ちょろまかしてるな」

ああ、やってくれたな、とマッサージのおばさんを思い出す。中国の常識は日本では通用しない。映画で見知っている中国では小さな不正や誤魔化しは日常のことだった。それは彼が五年間駐在員として暮らした韓国でも同様だった。

彼は日本に戻って数社のパチンコ店の顧問になった。そこでは管理体制が甘く、現金を誤魔化そうと思えばいくらでも誤魔化せるような状況だった。しかしそこで働いている日本人は誤魔化さない。目の前に誤魔化そうと思えば誤魔化せる現金が転がっているのに誤魔化さないのである。勿論中には悪いことをする者もいた。しかしその割合は実感として二百人に一人、割合でいうなら零点五パーセント程度だった。どうして日本人はそうなのか、と考えるに、日本では一度しくじるとやり直すチャンスが与えられないからだと彼は理解した。一度のしくじりで日本人は人生を失う。それで目の前に現金が転がっていても誤魔化さないのだった。

しかし中国から来たおばさんにはそこら辺のことが分からない。つい出来心で、中国にいたときと同じ行動をしてしまう。これであのおばさんは職を失う、と彼は直感した。そして自分のことをスパイだったと疑うだろう。親しく話していたのに、裏切られたと衝撃を受けるに違いない。

李長流は溜息をつく。監査調書を書くのをやめ、持っていたシャープペンシルを書類の上に放り出し、背を伸ばした。横山は自分の能力を示すパフォーマンスをするために彼を利用しようとしていた。彼は横山を睨んだ。ポイントを稼ぎたいのなら、自分でマッサージに行ってからやれよ、といいたくなる。そんな、尊敬できない横山の道具に利用される、という事実が更に彼を不快にした。加えてたったの七千円でおばさんの人生を奪っていいのか、という疑問も湧く。武士の情けはないのか？　といいたくもなる。李長流はそんなことを一瞬で考えてからいった。

「横山さん、検出事項には書かないでしょうね」

検出事項というのは、会社に対する報告書である。監査をしたときは、改善すべき事項を会社に報告する。どれだけ会社に役に立つことをいえるかが、監査人の能力のバロメーターになる。

「書くよ、そりゃ」

横山はこともなげにいった。彼にとっては自分の有能さを示せるチャンスだった。次回の監査契約では値段を引き上げることができるかも知れない。そうやって儲けられるからこそ、奇麗なルーマニアの姉ちゃんとも結婚できるのだ。李長流はいう。

「一般論で書けば済むじゃないですか。マッサージ部門は誤魔化そうと思えば誤魔化せる状況だといえば済むことじゃ、ないんですか？　あのおばさんは人生をかけて偽装離婚までして日本に出稼ぎに来てるんですよ」

横山はじろりと李長流を睨んで、冷たくいい放つ。

「李さん、俺たちは監査人だ。自分の職務をこなすだけだよ。悪いのはあの女だ。悪いことをしているから、悪いことをしていると報告するだけだ。偽装離婚してきたとか、人生かけてるとかは、見逃す理由にはならないよ」

彼は正しい。しかしその正しさには違和感がある。彼はいった。

「たったの七千円で、あの人の人生を奪うんですか？」

横山はふん、と鼻息を飛ばしてからいう。

「悪いことをした奴の事情まで考えて、監査なんかしてられないよ」

これ以上いうと、こちらが職を失う。自分一人ならどうということはないが、妻の踊りの資金は確保しなければならない。妻に資金提供するのが自分の務めである以上、おばさんを守るためにこちらが失業者になるわけには行かなかった。

気まずい雰囲気のまま時間は流れた。あまりに腹が立つと李長流は思考が停止した。この野郎！　が頭の中を駆け巡るだけになる。昼休みに横山は会社に報告に行った。藤本あつ子が昼食に誘ったが、李長流は遠慮した。とてもお昼を食べる気分ではなかった。何とかあのおばさんを救えないか？　いい方法はないのか？　とそればかりを考えていた。

しかし自然の法則を壊したのはおばさんだった。彼女は業火に焼かれなければならない。だが、七千円で彼女を業火で焼いていいのか、と疑問が湧く。俺は神ではないじゃないか、と己を叱る。

考えは同じところを回っている。打開策はない。諦めの気持ちが湧き、怒りの感情も落ち着いてきた頃、ふと、七千円の計上漏れがあったと、横山がいう前に会社に自己申告すれば、まだ救われるんじゃないか、と考えた。

直ぐにマッサージコーナーに走る。連絡通路の赤いカーペットを、息を切らして通過する。彼女は居なかった。ああ、遅かったかと気が抜ける。朝の時点でどうしてこれに気がつけなかったかと、己の無能さを呪う。

彼の父親は子供たちから生きる希望を奪い続けていた。だから決してあんな人間にはなるまい。他人が生きるのは邪魔しない、と彼は心に誓って生きてきた。しかしおばさんの人生を邪魔してしまった。おばさん自身が招いた結果ではあったが、そこに自分が一枚噛んでいるというのが嫌だった。

おばさんは今頃会社の事務所で、横領の事実を突きつけられて青ざめていることだろう。横山は横で、得意顔をしているに違いない。パフォーマンスだけで生きてるんじゃない！と毒づきたくなる。

山を降りるマイクロバスに乗るまで、幸いにもおばさんとは顔を合わせなかった。彼女はショックのあまり自分の部屋で寝込んでいるのかも知れなかった。彼は横山とは口をきかなかった。目も合わせなかった。三人はそれぞれ離れた席に座った。

運転手の操作で、マイクロバスのドアが閉まる。運転手はギアを入れ、ハンドルを切る。タイヤが少しきしみ、路面とタイヤの間に挟まれた小さな石が、潰れて粉々になる音がした。弱い者は押しつぶされる。そう考えて炭焼きのおじさんを思い出した。死ぬまで炭を焼いていられるなら、それはそれで幸せかも知れないと考えた。しかし現代では炭を使う人は少ない。石油や石炭を燃やし、人類は二酸化炭素を排出して、地球が業火に包まれる。

そうなるまで人は自分が罪人だったことに気がつかない。自然の法則を見落としたものは、神に逆らう結果になる。

マイクロバスがゆるゆると動き出した。ブナの葉が風にそよいでいる。どこまでも続く青い森を見て、彼は深い溜息をついた。そして善でありたいものだ、と思った。

6

翌年仕事で訪れたとき、マッサージコーナーには違うおばさんが立っていた。

炭焼き小屋は幾ら探しても見つからなかった。ホテルの人に聞いても、周囲はどこまでもブナの森で、雑木林や炭焼き小屋はない、ということだった。

キス

1

木村昌宏はスポーツジムの喫茶コーナーの隅に座っていた。足元には大きなバッグが置かれている。かれこれ一時間ぐらい彼はそうやって待っていた。遠く斜め左に強化ガラスの玄関があった。時々人が行き交っている。

玄関を開けて白のパーカーを羽織った安藤澄子が入ってくるのを見た。肩には大きな黒いバッグを提げている。中にはトレーニングウェアやシューズが入っていることだろう。整った顔だちの彼女を見る。なかなかいい女だと思う。彼女は彼に気がついた。笑顔で彼女は近づいてくる。

「寝不足じゃないですか？」

「いや、戻って少し寝ましたから」

続けて彼はいう。

「掛けますか？　それとも運動します？」

「いえ、では少し」

彼女はそういって腰を下ろす。見た目は三十代だが、恐らく四十は過ぎているだろう。

いずれにせよ自分よりは大部若い、と木村は考えた。彼女は笑顔でいう。

「しかし良く私を指名しましたね」

「失礼だとは思ったんですけどね。指名しても来てくれないと思ったから指名したんですよ。来てくれなければ、自分には相手が居ないからという理屈を付けて戻れると思ったんです。そうでもしないと山形の奴、帰してくれそうもなくて。それが、まさか来てくれるとは思いませんでした」

そういいながら彼は立ち上がると自動販売機の方へ向く。

「何か飲みますか?」

「じゃあ、お茶を」

木村はペットボトルのお茶を買って彼女の前に置いた。

「山形は何が何でも帰さない、という勢いでしたからね。奴は私に、今日、仕事をさせたくなかったんですよ」

「昨日のお話だと、デイトレーダーをされているとか」

「ええ。だから山形は私が儲けるのを邪魔したかったんですよ。それでしつこく銀座のクラブに誘い、私を帰さないようにしたんです。まあ、嫉妬でしょう。私はずっと彼の下だったし、会社を辞めてからは、彼に取引先の会社を紹介して貰いましたしね。そこでも、うまく行かなくて、ホームレスのような生活がずっと続いていたから、急に私が良くなったのが、許せないんでしょうね」

「へえぇ」

と彼女は声にならない声を上げた。それから、

「株で儲けている人、初めて見ました」

と、好奇の目で彼を見る。そして、

「お住まいは近くなんですか？」

「グランドハイツって知ってます？」

「この辺りでは一番高い高層マンションですよね」

「ええ。そこの最上階に住んでます。だけど三年前まではホームレスですよ。インターネットカフェで寝起きしてました」

そういって彼はペットボトルのお茶を一口飲む。

「食品卸の会社に勤めてたんですけどね。上司と折り合いが悪くて、つい殴ってしまいました。それでクビです。女房にはなじられるし、山形が紹介してくれた会社もうまく行か

ずで、それで家出をしました。それ以来インターネットカフェで生活してました。その後株の勉強をして、少しずつ儲けられるようになりました」

「ご結婚されてるんですか？」

「別れました。ある日女房がインターネットカフェにやって来て、離婚届に判を押せというので押しました。それで終わりです。あっけないものです」

彼は己を鼻で笑った。それから彼は彼女を見て、

「銀座のクラブは、バイトですか？」

と聞いた。

「バイトなんですかね。実は妹と弟があそこの経営をしてるんです。私はお手伝いでレジと経理をしています」

「なんだ、オーナーさんですか？」

「オーナーというのなら、弟がオーナーですね。私はただの使用人です」

「お住まいは近くですか」

「はい。リバーサイドビラというところにいます。私が長女なもので、母親と一緒に居ます」

「そうですか」

「まだぼけてはないから、夜の勤めに出ていられます。これでぼけられると、ちょっと厳しいですね」

「なるほど。そういう年回りですね」

「木村さんは」

と彼女はいう。昨晩初めて名乗った自分の名前を彼女が口にしてくれたことに、彼は暖かさを感じた。

「木村さんは、ご両親はご健在ですか？」

「ご健在ですねえ。早く行って貰いたいんですけどね」

と皮肉な笑いを浮かべる。安藤澄子は手を顔の前で振って、

「そうはいっても、居てくれる方がいいですよ」

と笑顔を浮かべた。彼は聞く。

「客が、レジのあなたを指名することは良くあるんですか？」

「滅多にないです。たまに遊び半分でそんなことをいう人も居ますが、そういうのは無視してます」

「そうでしょうね。山形や遠藤が指名した女の子たちは、あなたは絶対に来ないといって

ましたからね。私も来ないと思ってました。来なければ家に戻る理由が出来ます。ところが来ちゃった」

「そうだったんですか？　だったら行かない方が良かったですね」

「いいえ。しかし、驚きました。予定が完全に狂ってしまいましたから。だけど嬉しかったですね。山形も遠藤も、奴らが指名した女の子たちも、みんな驚いてびっくりしてましたからね。優越感、感じまくりでしたよ」

　彼は体を半分乗り出してから聞いてみる。

「私のこと好きだったんですか？」

　彼女は笑顔を浮かべる。

「あら突然、露骨ですね。好きとかどうとかというよりも、興味がありましたね。このジムでよく見かけるお顔でしたから。何をしている人なんだろうと思ってましたしね」

　木村はいたずらっ子のような顔になり、それからいった。

「いまのところ株で儲けてます。いつまたホームレスになるかも知れませんが、今のところは生活に余裕があります」

「はい」

「お付き合いして頂けますか？」

「え？　それは、また急ですね」

「急ですか？」

「急すぎます」

「もっとムードが欲しいと」

「そういうんじゃないんですけど、まだお互いをよく知りません」

「知り合うために付き合うんじゃないんですか？」

「まあ、それはそうですけど」

　そして彼女は思いついたようにいう。

「お友達から始めましょう」

　木村は笑い声を上げた。

「中学生とか高校生みたいだな。いやいや、気にしないで下さい。あなたを困らせるようなことはしませんから。まあ、たまに顔を合わせたら、こうやってお茶でも飲みながら話をしましょう」

「お店には来ませんか？」

「私は飲めませんからね。女の子に惚れて通い詰めるなんてのは、自分の趣味じゃないですね。それに高いでしょ？」

「うちもカウンターで飲めば安いんですよ」

「いやいや、コンビニで買って家で飲む方がもっと安いですよ」

「まあ、それはそうですね」

「さてと」

　木村は立ち上がった。

「一泳ぎして帰ります」

「どのぐらい泳ぐんですか？」

　時間か距離か、どちらを聞いているのか分からなかった。それで、

「四十五分ぐらい掛けて千五百メートル泳ぎます」

「うわっ、凄いですね」

「気分転換には最高ですね。じゃあ、お先に」

　木村はそういうとロッカールームに向かった。

2

彼は胸に負荷を掛けるマシンの開閉運動をしていた。彼女は右の奥で、女性トレーナーと一緒に、体を横にして体幹を鍛える運動をしている。お尻の筋肉が引き締まっている。胸は豊かではないが、均整が取れた体つきだ。思わず股間がキュンとするのを感じる。長いこと女を抱いてないと思う。金で買えばいいのだろうが、そういうのは余り好きではなかった。だからビデオゲームをする。ゲームをしている内に、女のことは忘れてしまう。

シャワールームで汗を流し、喫茶コーナーでお茶を飲んでいると、彼女が出て来た。ソファに座ると、彼女はいう。

「今日はウェイトトレーニングだったんですね」

「ええ。週に一回は筋肉を鍛えるようにしています。腕のかきが弱いんですよ。それでなかなかスピードが上がらない」

「だけど四十五分で千五百泳ぐなんて、かなり速いんじゃないんですか？」

「目標は三十分です。私の年代の日本記録は二十分切ってますからね。九十になっても泳ぐことが出来れば、怖らく世界記録ですよ」

「今、おいくつなんですか？」

「五十五になりました。今年」

「私は丁度五十です」

「え？」

木村は絶句した。二十は若く見えた。若く見えるだけでは無く、彼女の美しさには清潔さが潜んでいた。手に触れて、もみくちゃにしたかった。彼女はいった。

「お付き合いする前に、いっておかなければならないことがあります。後で色々といわれるのは嫌ですから」

木村は彼女の顔を見る。何をいい出すのだろう、と思う。重い病気にかかっているとか、そういうことだろうか？

「私、在日コリアンなんです」

彼は衝撃を受けた。自分もそうだったからだ。彼が日本人になったのは、彼が小学生になるかならないかの頃だった。一家を挙げて日本に帰化をした。それ以来韓国だとか、コリアンだとかとは無縁だった。それがここに来て、突然の再会である。しかも美しい人からそれをいわれた。暫く沈黙があった。彼女は彼を見ていう。

「それだけです」

　彼はこく、こくと頷いた。彼女はいう。

「気になるようなら、お付き合い出来ません」

　彼は何もいえなかった。別れたくない。その思いだけで何とか口を開いた。

「気にはなるけど、気にならない」

　自分でも変なことをいっていると思った。しかし彼は続ける。

「実は俺も小さい頃、日本に帰化してるんだ」

　えっ、と今度は彼女が声にならない声を上げた。

「初めていうことなんだけど、俺も帰化した韓国人なんだ。うちの家では韓国のことをいうのはタブーで、それで長いこと忘れていたけど、そうなんだ。俺ももとはといえば韓国人なんだよ」

　また沈黙が続いた。彼女はいう。

「私に合わせて、嘘ついてます？」

「それほど器用じゃないよ」

「驚きました。でき過ぎですよ」

「でき過ぎの話だけど、本当なんだ」

「本名は何ていうんですか？」

「さあ、それは」

と彼は首を捻る。

「小さい頃帰化したからね。本名が何だったのかも知らないんだ」

彼女は少し考えてからいう。

「通名が木村だったのなら、李さんかも知れませんね」

「李か、金か、今となっては何でもいいよ。名前が重要だとは思えない」

3

木村はデイトレーダーをやめた。今までに稼いだ金で、死ぬまで暮らせるぐらいの財産があった。彼は在日コリアンについて勉強を始めた。三年が経った。安藤澄子の母親が死に、彼女と暮らすようになった。

4

十年が経った。彼は妻の澄子にいう。

「自分で自分を差別する者は幸せには成れないね。在日は自分で自分を差別している人たちだと思うよ」

澄子はいう。

「それは日本人だって同じでしょ。コンプレックスというのは、自分で自分を差別しているから出て来るものだと思うわ」

「そうだな。俺はあんたと一緒になれて良かったよ。色んなことに気が付くことができた」

「私だって同じよ」

彼女は夫の頬に軽くキスをした。

嫌韓派

「俺は韓国人には家を貸さないんだ。不動産屋にもそういってある」

山本はそういって李長流《イチャンニュ》を見た。山本自身在日韓国人である。彼の父親、つまり一世が金儲けをして数棟のマンション経営を始めた。彼はそれを受け継いでいる。歳は李長流より十歳ぐらい上である。朝鮮人差別がひどかった時代に青春時代を過ごしている。

「韓国人てのは、とにかくトラブルを起こす。近隣とのトラブルも多い。そんな連中にアパートを貸したくないよ。俺は韓国人なんてのは大嫌いだよ。あんたはどう？　好きかい？」

李長流は曖昧に首を振った。それから口を開く。

「在日の二世、特に韓国系の二世で韓国人が好きという人は滅多にいないでしょう。世界中で韓国人を一番嫌いなのが在日の二世じゃないですかね？」

「そうだろ？　どうして韓国人はあれだけ出鱈目なんだ？」

李長流は韓国で五年間駐在員生活をし、その間に色んなことを学んでいた。それでコーヒーを一口飲んでから話す。

「韓国は三千年間、異民族から侵略され続けてきました。平均すると三十年に一度侵略されています。だから平和なときでも、彼等の心は難民のままです。目の前に食べ物があれば飛びつくし、少しでも安全なところがあれば逃げ込もうとします。他人を押しのけてでもうまい話にありつかないと死んでしまいます。だから出鱈目が基本です。日本人のように和を以て貴しとなす状態が当たり前の民族とは違います。出鱈目が基本なんですよ。何でもパルリ、パルリ（早く、早く）でしょ？　心は難民なんですよ」

山本は大いに頷いた。そして、

「そんなことばかりして。今まではそれでも良かったかも知れないけれど、これからもそんなことをしていたら世界で生きて行けんだろ。世界中の誰も信用しないんだから」

李長流は一つ頷く。

「韓国人は自分たちの歴史が誇るべきものだと思っています。三千年間民族を維持してきたのは誇っても良いけれど、平和なときには内部でいがみ合い、弱い者いじめばかりしてきたという歴史を反省しません。歴史を反省しないと改善点は見えません。韓国は世界中から嫌われて、それから徐々に変わり始めるだろうと思います」

「李さん、あんたそういう状況が見えてるんだったら、意見してやったらどうなの？」

李長流は軽く笑う。そしていう。

「在日には発言権なんてないですよ。日本でも考えを発表する場はないし、韓国にもありません。在日は飼い殺しですよ。社長だって、大学で理論物理を専攻しながら、それを生かす道はなかったじゃないですか？」

うむ、と山本は頷いた。彼は国立大学で物理学を専攻している。日本人だったなら、高校の物理の先生ぐらいはしていただろう。しかし国籍が韓国だったので、彼は教職には就けなかった。彼は父親の後を継ぎ、今は毎日自分のマンションやオフィスビルの前を掃除するぐらいしかすることがない。

「とにかく俺は韓国人は嫌いだ。碌な奴らじゃない。例外は内の家族とあんたぐらいのもんだよ」

以前、李長流は大失敗をしたことがあった。申告の形式を誤って、圧縮記帳できるのにできないような状況に追い込まれた。自分でもどうしてそんな間違いをしたのか信じられないようなミスだった。山本は激怒した。その時李長流は、

「怒るのはもっともですが、事態の収拾に協力して頂けないでしょうか？」

と説明を始めた。特殊な通達があり、それに当てはまる状況だった。業者に税務署から電話確認の連絡が行くから、その時に通達に沿った形で答えて貰えるようにとお願いした。嘘をつくのではない。税務署の形に添った答え方をして欲しいと頼んだのだった。それでも駄目だったら、

「その時は自分が責任を取ります」

と宣言した。追徴されるとその負担は数千万円と予測されていた。しがない会計士の人生など吹っ飛んでしまう金額だった。しかし李長流は責任逃れをする気はなかった。ただし払えるかどうかは別の問題である。一生かかって払えれば良し、払えなければごめんなさい、で死んでいくつもりだった。心の片隅には、子供たちを大学にやれないかも知れないな、という不安があった。その時は子供たちに、できの悪い親を持ったものだと諦めて貰おうと、勝手に思っていた。

山本は李長流の説明を直ぐに理解して業者にその旨を伝えた。お陰で圧縮記帳は認められ、追徴を免れた。

それから半年ほどして、山本は李長流にいった。

「遺言を書いてね、あんたを遺産管理人に指名しておいたよ」

自分が死んだあとの遺産相続の管理を李長流に任せるというのである。逃げなかった彼を評価してのことだと推測した。しかしそれは買いかぶりだった。

李長流は十八の時に資格ガイドブックをみて、韓国人には公認会計士の受験資格がないと書かれていたのを信じた。本当は制限などなかったのに、出版者の担当者は碌に調べもしないで、当時の日本の常識を反映して、受験資格がないと断言していた。彼は「チョウセンってのはそんなものだろう」と日本の差別意識を受け入れてしまった。それは自分で自分を差別した瞬間でもあった。

生きる道がなくなってから、死ぬことばかりを考えていた。しかし差別をしているのは日本であり、自分を生きていけなくしている張本人は日本なのだから、死ぬのなら、それは自分ではなく日本の方だと考えた。自分が死ぬのはおかしい、と彼は結論づけた。

死なないことにはしたものの、目の前には生きていけないという現実だけがあった。実力や能力は何の役にも立たなかった。日本ではチョウセンは飼い殺しである。それで二十歳の時に生きない、という選択をした。死ぬまで適当に生きて、日本がなんぼのもんか見てやろう、と決めた。以来彼は成り行き任せである。追徴されたら責任を取るといったのも、事態に立ち向かう者としての態度ではなく、単に人生を傍観していた結果としていったことでしかなかった。戦う者が「責任を取る」といったのではなく、人生を諦めた者がどう転んでも同じだから「責任を取る」といったに過ぎないのである。同じ言葉でも、誰がいったかで、その意味合いは異なる。彼の「責任を取る」という発言は、今さら何がどうなろうと大した違いはないという、投げやりな態度から発せられたものだった。そんな人間に自分の遺産相続を任せるとは、山本は自分を誤解している、と李長流は思った。

「遺産管理人は、ご家族との信頼という絆があるか、あるいは淡々と事務処理をするだけの法律的素養があるかでなければならないと思います」

彼がそういうと山本は黙って頷いた。彼は続ける。

「その点私は、ご家族は奥さんぐらいしか知りませんし、それも顔を見たことがある程度です。お子さんたちとは面識もありません。ならば淡々と事務処理をこなせるかというと、相続に関わる事務手続に関しては、税務以外は私は素人です。つまり、私は適任ではないと思います」

なるほど、と山本は腕を組んだ。そしていう。

「弁護士とか司法書士を李さんの事務方として使えばできるんじゃないの?」

「その場合は、ご家族と私との関係が希薄すぎます。今さら親戚付き合いを始めるのもお互い負担だろうと思います。誰か他の人を遺産管理人に指定されるのがいいと思います」

山本は少し考えて。

「そうか、分かった。遺言書を書き直すよ」

といった。そんなこともあってか、山本は気楽に彼と話をするようになっていた。山本はいう。

「ヘイトスピーチなんてのはさ、韓国が大嫌いな在日にさせたらピカイチなんじゃないかな。日本人は韓国が嫌いといったって、表面的なことしか知らないじゃない？　その点在日は現物を目の前に見て実害を蒙っている。そんな連中にヘイトスピーチをさせたら韓国人がグーの音も出ないような演説をするだろうに」

李長流も答える。

「日韓が国交を回復し、日本は無償三億、有償二億ドルの賠償金を払いましたが、在日は彼等だけで、怖らくそれと同じぐらいの資金を韓国に持ち込んでいると思います。しかしその殆どは韓国の親戚や詐欺師にむしり取られました。ある日韓国にいってみると、会社の株が全部おじさんの名義になっていたり、不動産の登記簿が全部書き換えられていたりというのは、在日の間ではよく聞く話です。韓国に投資した殆どの在日は全財産を巻き上げられて日本に逃げ戻りました。それは一世が日本の法律も韓国の法律も無視して、ハンドキャリィーで日本円を運び、親戚の名前を借りて韓国の内国人として投資をし、税金を誤魔化そうとした事に原因があるのですが、しかしそれにしても、ものの見事にみんな丸裸にされてしまいました。日本で育った在日は、韓国人から見たらいいカモですよ。調和が基本の人間と混沌が基本の人間とが戦えば、混沌が勝ちます。仲良くしましょうは、常に裏切ることしか考えてない人間の前では無力です」

「それだよ。俺の周りの一世も韓国にしこたまぶち込んで、全部失ってしまった。どうしてあいつらはあれだけ人を騙すのがうまいんだ?」

「一つは、二世が言葉を知らない、ということにつきます。一世は二世が言葉ができないから、韓国サイドに日本語ができる者を置きます。どこの国でもそうですが、外国語を操って金のある人間に近づいてくる人間は殆どが詐欺師です。一世は詐欺師に自分の子供たちを預けたんですよ。詐欺師は五パーセントぐらいいます。九十五パーセントは信頼できる人間です。一世は、そんな信頼できる人間と付き合わなければならない局面で、日本語ができる詐欺師を二世にあてがいました。信頼できる普通の韓国人は日本語ができませんからね。だから本来は二世が韓国語を学ぶべきなんですが、二世の多くは韓国をバカにしていますから、言葉なんて学ぼうとしません。それで日本語ができる詐欺師と付き合って、丸裸にされました」

彼はコーヒーを一口飲んで続ける。

「そうやって漢江《ハンガン》の奇跡を韓国は成し遂げました。無名の在日が運んだ多くの金が助けになっているはずなんですが、そんなことを知っている韓国人はいません。日本についていうなら、日本は有史以来韓国から多大な恩恵を蒙って来たにもかかわらず、それを近代では恩を仇で返した、恩知らずな国のままです。日韓の国交回復後に金も技術も日本が提供したから漢江の奇跡を成し遂げられたのに、韓国人は自分たちの力だけで成功したと信じ切っています。日本は悪役のままですよ」

それから彼は韓国で百家族ほどの在日が事業を継続しているという話をした。

「彼等は全員韓国語が堪能です。多くは韓国の大学を出ています。そうしないと事業というのはできないのに、多くの一世は片手間で韓国で稼げると思っていました。日本の常識を受け入れて韓国人はバカでアホで間抜けだから、投資という恩恵を施してやればそれだけで金の卵を生むだろうと思っていました。それが間違いの元です。つまり一世は日本人の差別意識で韓国を見ていたのです。二世はそれに輪を掛けて日本の差別意識を持っていました。日本語しか知りませんからね。日本人と同じ差別意識を共有しています」

なるほど、と山本は腕を組む。それから顔を上げるとにやりと笑い、

「やっぱり、そんな奴らがヘイトスピーチをしたら、ピカイチだと思うけどな」

李長流は苦笑しながら頷いた。

祈り

李長流《イチャンニュ》のオフィスがあるビルは、新宿通りに面している。七階の窓は広く、遠くに六本木ヒルズが見えた。梅雨が明けようとしており、空には雲が多かったが、あちこちに色の濃い青空が覗いていた。赤坂の東宮殿や皇居の緑が、ビルの合間から鮮やかに輝いていた。

彼は予約の客を待っていた。


仕事で知り合った在日から電話があった。名前は金さんという。下の名前は覚えてない。彼は韓国の建設会社の日本法人で、部長をしていた。韓国の財閥としては下位の方だ。

それ以前に日本のある商社が韓国語が出来る会計士を探しており、彼を見つけた。彼は日本側の通訳としてその商社と韓国の会社との業務提携の場に立ち会った。韓国の会社の会長が彼の仕事ぶりを善しとして財閥を紹介してくれた。

財閥の会長は彼を顎でこき使おうとした。叩き上げで大きくなった財閥の経営者の中には会計顧問でも従業員のようにあしらう人がいた。そこの財閥の会長もそういう人だった。彼は小間使いにされたのではたまらないと一旦結んだ契約を破棄した。金さんとはそういう縁で知り合った。そんな彼から連絡が入った。

「先生、私が最初に勤めていた会社の社長がピンチなんですよ。何とか相談に乗って貰えないでしょうか？　ええ、在日です。藤田といいます」

　民事再生案件である。この仕事は多くの場合、独りよがりの愚痴を聞かなければならず、精神衛生上よくない。瞬間断ろうかと思ったが、自分の仕事の基本は、来るは拒まず、去るは追わずだった。それに同じ在日である。日本人とは違い共感を示すことぐらいはできるだろうと考えた。


　時間通りにやって来た藤田は、細身で土気色の顔をしていた。ゆっくりと歩いて会議用のテーブルに就く。肩で息をしている。

「すまんな、先生。肝臓癌で、もう、長くはないんだ。それと申し訳ないが、相談料を払う金も無い」

　李長流は藤田の目を見たまま頷いた。体は伸び盛りの中学生のように細い。顔の頬や顎に古い傷がある。職業からしてヤクザやチンピラと渡り合った痕なのだろうと想像した。

「相談料は無料です。気にしないで下さい」

　藤田は頷いて大きな紙封筒から資料を取り出した。

「銀行に十億の借金がある。税務署には税金の未払が一億ある。こっちが土地と建物の一覧だ。時価評価は四億だ。民事再生で何とかならんかと思っているんだが、どうかね」

李長流は示された資料を見る。賃料収入は二千万。手元に残るのはおよそ一千万。現状では返済に百年かかる。債務の切り捨てを九十パーセントにしてもらえば、十年、九十五パーセントならば五年で返済できる。これならば通常の民事再生レベルだ。交渉の余地は充分にある。しかし税金が問題だ。こちらは切り捨ててはもらえない。

「厳しいですね」

と李長流は溜息をついて、藤田を見る。

「ああ、厳しいね。それに金が無いのに税務署が税金を取るというのがよく分からん。一円も手元には残ってないいんだぜ。それだのにどうして、税金が出て来るんだろうね」

うむ、と李長流は首を捻る。へ理屈をいう人だと思いながら、

「税金は損益計算書で計算するものなんですよ。現金の動きでは計算しません」

「そんなことといったって、金は残ってないいんだぜ。税務署はおかしいよ。だから俺はいま訴訟を起こして、税務署と喧嘩してるんだ。弁護士雇えないから、自分で自分を、弁護してるよ」

気持ちは分かるが自分だけの理屈では世の中では通用しない。李長流はいう。

「野球のボールを打って、三塁に走ってセーフだといっても何の意味もないでしょ？　打ったら一塁に走る、というのがルールですからね。それと同じで、税金は損益計算書で計算する、というのがルールなんですよ。金があるかどうかは、税金を計算するときには何の関係も無いことなんです」

藤田は顔を歪めるようにして笑った。

「先生、説明がうまいね。いままでに出会った税理士の中で、一番まともだ」

会計士は登録をすれば税理士業務も行える。李長流は会計士も税理士もどちらもできるようにしていた。藤田は話す。

「かみさんとは離婚した。財産分与で、家だけは残した。しかしできれば、飯が食える財産も残してやりたいんだ」

李長流は再度資料を見る。銀行が債権をバルクで処理してくれれば、債権回収会社と交渉して、二億とか一億とかで手を打てるだろう。しかしそうしている時間的余裕が無い。

「親戚か誰かに、四億円持っている人はいませんか？」

「いないよ。みんな何とかその日を暮らしているレベルだ」

「それでは、四億借りられそうなところはないですか？」

「この上金を貸してくれるようなところは無いよ」

「いえ、借りるのは奥さんです。奥さんが四億借りて、会社の土地建物を買い取ります。会社は四億を債権者に分配して倒産します。こうすれば十億プラス税金一億が四億の借金になります」

藤田は、首を伸ばした。

「ふむ、それはいい手だ」

「銀行の借金は藤田さん個人でも保証を入れてるでしょ？」

「うむ、入れてる」

「だったら藤田さん個人も自己破産することになるでしょうね。四億どこかから引っ張って来れれば何とかなります」

「ちょっと待って。自己破産というと、日本に頭を下げなきゃならんということだよな」

日本に頭を下げる、ということで難色を示した藤田を見る。負けん気が死に神をねじ伏せて全身にみなぎっていた。死にかけているのに、必死でこの世に踏みとどまっている、といった感じだ。これも在日の性だ、と思う。李長流はいう。

「自己破産は手続を踏んでいくだけです。書類を揃えて手続を踏んでいくだけですよ」

「いやあ、俺は日本には頭を下げたくないな。借金をチャラにして下さいと頭を下げて頼むのはいやだね」

李長流は方向を変える。

「奥さんの会社に不動産を売るときには、銀行の同意が必要です。銀行の同意を得るためには頭を下げなければなりませんよ」

藤田は少し微笑んだように見えた。彼はいう。

「頭、下げるのが嫌なのは、国家権力だよ。民間じゃない。国家権力が嫌いなんだ」

「なるほど」

と李長流は引き下がった。同じ在日として藤田の心情は理解できる。李長流自身も同様で、彼が韓国語を勉強したのは日本に頭を下げたくないからだった。日本の法律は外国人登録証を家に忘れてきただけで強制送還できるようになっている。日本で生まれて日本の学校に行き、日本語しか知らない、そんな人間を韓国にいつでも強制送還できるのである。在日は韓国に着いた途端に飢え死にするだろう。日本がそんな非人道的なことをするのなら、頭を下げずに「やれるもんならやってみろ」といってやりたかった。しかし言葉を知らなければ、飢え死にが恐くていいたいこともいえなくなる。飢え死にが嫌なら日本に頭を下げるしかない。土下座をして、助けてくれと命乞いをしなければならない。自分が日本に住まざるを得ない原因を作った日本が、それをするのは正義ではないと彼は思った。日本は責任を取らず罰だけを押しつけている。だから彼はそんな日本に頭を下げたくなかった。それで当時の日本では何の役にも立たない韓国語を必死で勉強した。無駄だと分かっていながら、それでも膨大な時間を投入した。いざというときに日本に頭を下げたくないという、その思いだけで彼は韓国語をマスターした。

会計士の受験資格がないと知ったときもそうだった。彼は日本の国籍を取得してまで、受験資格を得ようとはしなかった。彼は敢えて土方になる道を選んだ。朝鮮人を生きさせない日本に頭を下げてたまるか、という思いがそうさせた。そんな自分の経験から、藤田が日本に頭を下げたくないという気持ちを、彼は良く理解できた。

「そうですか。それじゃあ申し訳ないですけど」

と、藤田を見る。

「自分の能力では、いいアイデアはありません」

そう聞くと藤田は、顔を歪めて微笑んだ。

「そうか。いや、いいんだ。このまま死んで、日本から一億の香典をもらうよ。死ねば借金はチャラだからな。その方が気分がいいや」

それから窓の外に目をやる。六本木ヒルズを遠くに見て、

「先生、俺は医者になりたかったんだ」

という。はい、と李長流は頷く。

「俺は一九四七年の生まれだ。先生は？」

「自分は一九五二年です。藤田さんは私の兄と同じ年ですね」

「そうか。じゃあ日本が俺たちを差別してたのを知っている世代だな」

またも李長流は頷く。

「俺は旺文社の全国模試で一番を取った。しかし東大の理Ⅲは俺を落とした。旺文社で全国一位だぜ。落ちるわけないだろ？　しかし三浪しても合格できなかった。俺が朝鮮人だからと考えるしかないだろ？」

李長流は頷く。彼の兄も高校入試の時に朝鮮人だからという理由で落とされた。前の年に就職できなかった朝鮮人の親が職員室で暴れ、先生たちは朝鮮人はこりごりだ、と考えた。そういう理由で落とされた、と兄は、落第の後で中学の担任から聞かされた。兄の場合は明らかな差別で落第させられた。しかし藤田の場合は、朝鮮人差別によるのかどうか

は分からない。だが、彼自身は差別で落とされたと信じ切っていた。

試験は模試の成績がよかったら通るというものではない。李長流が会計士を最初に受けた年の、全国模試の順位は八十二番だった。合格者は七百人程度だから、余裕で合格する順位だった。しかし彼は落ちた。彼の知り合いに、五年以上落ち続けている日本人がいた。模試では常に高得点を取るし、監査法人に勤めて実務の実力もあるのに、本番では落ち続けた。彼の周りではそれを七不思議と呼んでいた。通って当然と思われるのに、落第し続けていたからだ。結局彼は七回ぐらいで受験を諦めた。

李長流は以前、階下の弁護士と相続問題で会った在日の資産家を思い出した。その資産家の長男は内縁の日本人女性との間に生まれた子だった。彼は東大の医学部を卒業して医者になっていた。年は藤田より二歳年下だったから、藤田が三回目の受験をしたときには、同じ試験を受けていたことになる。もし東大が差別をしたのなら、正式な結婚をした朝鮮人の子である藤田は落とされて、内縁関係の子である朝鮮人の子は合格したことになる。つまるところ本物の在日は落とされて、隠れ在日は合格したのである。何とも皮肉な結果だと李長流は思った。藤田はいう。

「俺は日本に仇を討つことにした。それで受験はやめて不動産取引の世界に飛び込んだ。

どんな儲け話にも、だぼはぜのように食いついて、一円でも多く稼いだ」

彼は窓の外を見たまま黙った。李長流は目を上げて彼の顔を見た。彼は無表情だった。肩で息をしている。顔はどす黒い。目は黄疸のせいか黄色がかっているような気がした。

彼は首を回して李長流を見る。

「先生、人を愛したことはあるかい？」

いきなり何の話だ、と思う。しかしその表情があまりに無表情なので、李長流は答えることにした。

「ありません」

彼は椅子から体を起こして驚いた。

「どうして？　人を好きになったこと、ないの？」

「人を好きになったことはありますが、愛したことはありません」

若い頃の彼は、気がつくと心の中で「くそったれと」毒を吐いている自分に良く気がついた。恨みの多くは父親に向けられていた。彼の父親はことごとく彼が生きることを邪魔してきた。彼に朝鮮人コンプレックスを吹き込んだのも父親なら、人生の可能性を奪い続けたのも父親だった。そんな父親は日本に差別心を叩き込まれていた。「朝鮮人は東大を一番で出ても職がない」といい、そして「だからチョウセンは駄目なんだ」といっていた。今ならこの理屈は間違いだと分かる。差別をしているのは日本なのに、その日本を非難しないで、差別されている朝鮮の方をダメだというのだから出鱈目である。それはジャイアンが「のび太のくせに」とのび太をいじめるのと同じ構造だった。父親の言動は、父が生きた日本社会をそのまま反映していた。

父親は子供を手元に置きたがった。日が落ちて子供が帰ると、鞭で打った。休みの日は外に出さなかった。自分の目の届かないところに子供が行って心配するのが嫌だったのである。大人になって李長流はそう理解した。しかしそんな愛情で接したものだから、子供たちはみんな生きる気力の無い人間になってしまった。父は子供たちに自分を愛することを求め、親孝行を強要した。そんな独りよがりの愛は、相手を殺すと、李長流は学んだ。父や日本を恨まなければ、そんな愛からも逃れられる。そう気がついてから、彼は恨むことをやめ、そして愛することもやめた。李長流は続ける。

「若い頃の自分は日本を怨んでいました。しかし怨み続けるのは体力が要ります。自分は体が弱かったので、怨むのに疲れました。それで愛することもやめました。愛は怨みとは裏おもての感情です。人を愛すると、怨みから離れることができません」

「しかし、人を愛するのは自然な感情だろう?」

「ええ。自然です。しかし自然のままだと日本を怨み続ける苦しさからも逃れられません」

「まあ、それはそうだ」

「それで、愛を捨てました」

「先生、口でいうのは簡単だけどさ、そんなに簡単に愛を捨てられるかい?」

「まだ捨て切れてないかも知れません。しかし自分では捨てたつもりです。だからいつも愛ではなく慈悲であろうと努めています」

「慈悲? 哀れみかい?」

「いいえ」

　そして彼は説明をつけ加える。

「愛するとき、人は宇宙の中心にいます。怨むときも同じです。人が怒るのは自分を神だと思っているからです。絶対に正しいから他人を許せなくなります。だから人は愛によって戦争をし、人殺しをするようになります。私は、愛は諸悪の根源だと思っています。己を宇宙の中心から外すと、慈悲になります。仏教では害悪をまき散らす諸悪の根源の愛と、本当の愛とを違う言葉で表現します。愛というのは悪であり、慈悲が善です。英語ではどちらもラブだから、話がややこしくなります」

藤田の生気がなかった目が光った。生きる気力が湧いてきたようだった。藤田はいう。

「面白いねえ。久しぶりに面白い話が出来そうだ。先生とは今日が初めてだけど、楽しいよ。いや、こういう話をしたかったんだ」

それから彼は、再び窓の外に広がる空を見上げる。何かを思い返しているようだった。やがて彼は話し始める。

「俺は日本に仕返しをするために、日本人の女を手当たり次第に抱いた。殆どはホステスだったけどな。しかし体だけの関係というのは、長続きしない。入れて出したら、それで終わりだ。馬鹿な女とは、話はかみ合わないし、いらいらさせられるだけだ。そんな時、やたらと馬が合うホステスに出会った。何回か飯を食い、デートをしてますます気に入った。同棲するようになって、そいつがいったんだ。自分は韓国人だってね。とんでもない罪でも犯したかのようにさ。正座して神妙な顔でそういうのさ。俺はぶん殴って、抱きしめて、一晩中やりまくったよ。十年ぐらい経って子供が生まれた。今はまだ小学生だ。その子が大学を出るぐらいまでの金が欲しいが、俺は借金まみれだ。このままでは死んでも死にきれんと思うが、体は動かない。愛する気持ちだけが俺をこがす」

李長流は黙って頷いた。藤田は続ける。

「九・一一を見たとき、ああ、俺がやるべきことはこれだった、と思ったよ。俺は飛行機に乗って、霞が関ビルに突っ込むべきだったんだ。日本人に一泡吹かせるには、そのぐらいのことをしなければならなかったんだ。それまでは漠然と、金を儲けて水爆を買って、それを爆発させて日本列島を太平洋に沈めてやる、などと考えていたが、しょせんは夢だ。しかしハイジャックをして霞が関ビルに突っ込むことなら、俺にもできる。そう思った。その時、幼稚園に行き始めた息子を見た。俺がそんなことをしたら、こいつは一生、犯罪者の息子だといじめられ続けることだろう。そう思った。それでやめにした。愛は怨みに勝った。それがどうにも信じられなくて、何かがおかしいと思いながら生きているうちに、今度はガンだ。女房と子供に金を残したいが、その万策も尽きた。俺はこの世を愛していたのかと不思議なんだ。日本を怨んでいたはずなのに、女房や息子が生き続ける日本を愛し始めている。いい国であって欲しいと願っている。それが不思議なんだ」

藤田は椅子に座り直して、こちらを見る。

「ところが先生は慈悲だと来たもんだ。俺はいま愛をどうしようと思っているのに、慈悲だと来る。愛は怨みに勝つという話をしたかったんだよ、俺は」

李長流は反省する。いま必要なのは正論ではない。安心させられるかどうかだ。藤田は死を前にして安心を欲している。愛は怨みに勝つと信じたがっている。彼を安心させることができるなら、理屈が間違っていようと、鰯の頭だろうと、何でもいいのである。愛によって安心を得られるのなら、愛でもいいじゃないか、と思う。李長流は口を開く。

「藤田さんは愛により踏みとどまりました。元来人間は他人のために生きると喜びを感じるように作られています。そのように生きることの方が、怨みながら生きるより遙かに意義があると、藤田さん自身が気がついたと私は思います」

李長流は一息ついた。それから一歩踏み込む。

「藤田さんは人を助けたいから、医者になりたかったんじゃないんですか？　東大の理Ⅲに入って、皆に頭がいいと褒められたかったからではないでしょう？　東大が駄目だったのなら、京大でも、阪大《はんだい》でも、合格するところに行って、医者になることの方が重要だったと思います。そうやって人の役に立つべきだったと思います。怨むよりも愛によって日本に報いるべきだったと思います。そしてそのことにいま気がついたのだろうと思います」

藤田は腕を組み、目を閉じたまま聞いていた。彼は静かに頷く。開いた目からは涙が、落ちそうだった。李長流は続ける。

「金《かね》については、いかんともし難い。奥さんと息子さんには、お金は残せないでしょう。しかし怨むよりも愛の方が心が豊かになると気がつけただけでも、善しとするしか、ないんじゃないでしょうか？　貿易センタービルに突っ込んだアラブ人よりも、遙かに幸せだと思います」

藤田は目をハンカチでそっと拭いた。そしていう。

「分かった。もういわないでくれ。後悔で気が狂いそうになる。碌でもない人生にしてしまったと、泣き出しそうになる。俺はやはり医者になるべきだったんだ」

うむ、と李長流は頷く。それから藤田は思い出したようにいう。

「先生、あの世ってあるんだろうか？」

ううむ、と李長流は腕を組む。必要なのは理屈ではない。安心させられるかどうかが鍵だ、と考える。

「人は死んだら生まれ変わるんだろうか？」

死を前にして藤田は怯えていた。不安を取り去るには、生まれ変わるから安心しろ、というべきところだろう。しかし自分がそんなことを信じてないから、いえば嘘になってしまう。なかなかに難しい。彼はいう。

「いま目の前にあることを誠実にすることが生きているということだと思います。生きたと自分で知っていれば、死ぬのは恐くないんじゃないかと思います。死んだことがないので、説得力はありませんが」

「まあな。俺だって死んだことないわさ」

尖った顔がにやりと歪んだ。

「近所のクソ坊主が、南無阿弥陀仏というだけで救われるというんだ。念仏を唱えるだけで、御利益があるとか抜かしてな。俺は本当は信じたいんだが、どうも今ひとつ信じられん。先生は何か宗教を信じてるかい？」

李長流は藤田の目を見て答える。

「信じたら救われるとか、念仏を唱えたら御利益があるとかというのは、取引だと思います。救いという商品を、信仰という代価で売っている商売です。バーゲニングです。そういう取引で存在する神や仏は、私は人間が作り出したものだと思っています。救われたいと願う人が、絶対に救ってくれる神や仏を作り出したと思います。しかし私は、人間が作った神や仏は人間を救うことは無いと思います」

「ホウ。いうねえ。いいねえ。続きを聞かせてよ」

「ビッグバンを起こし、地球を太陽の周りに転がしているもの、それが本当の神だと思います。神というのは、自然そのもののことだと思っていますから、人間は神の一部です。わざわざ神なんか作らなくたっていいんですよ」

「じゃあ、どうして死ぬのが恐いんだ？　神さまなら何にも怖れるものはないだろ？」

「存在が神の一部なのであって、思考は神からは、かけ離れています。自分という意識が、自分だけの魂を望み、永遠の命や永遠の生まれ変わりを妄想させます。本来一つのものなのに、自分という特別なものを作り出したところから、人は神を求め、救いを信じ始めたと私は思っています」

「よう分からんな。俺がいま分かるのは、いま切実に分かるのは、死ぬのが恐いということだ。これは事実だ。本当に救いがあり、本当にあの世があるのなら、俺は何だって信じるぜ。俺は信じたいんだ。俺を信じさせて欲しいんだ」

「癌になったとき、どうして俺が、と思いましたか？」

「うむ。思った。神を呪ったよ」

「自分以外に対して癌を考えるとき、二人に一人は癌になります。確率的に誰でも癌になるんですよ。それだのに、自分が癌になったときは、自分の番が来たか、とは考えずに、どうして俺が、と考える。それは知らぬ間に自分を神の位置に置いているからです。自分は例外だ、自分は違うという思いがあるから、どうして俺が、と言う反応が出ます。自分は神ではない。生まれたものは必ず死ぬ。たまたま今生きているだけだと知っているなら、どうして俺が、という反応は出てこないでしょうね」

「ふむ」

「自分は神ではないのに、自分を神の地位に置く。だから恐いんです。恐怖を感じるのだと思います。自分を宇宙の中心から外せば、この世に出るのも、去るのも神の意志のままです。人間は単にそれを見ているだけの存在でしかないと思います」

「それは宗教だろ?」

「いえ、歴史が教える事実だと思います。人はそうやって生まれ、そうやって死んでいきました。それでも人は怖れを抱き、救いを求めます。そこに宗教という巨大ビジネスが発生する余地があったと思います。しかし救いを対価としてお金を得ようとする神や仏に用はありません。人間が作り出した神や仏は人を救えませんよ」

「じゃあ、何だったら人を救えるんだ? 科学か?」

「科学は事実を元にした認識です。人を救う道具ではありません。人を救うのは、感謝の心を持った祈りだけだと思います」

「それは宗教じゃないのか？」

「宗教を信じてそうする人も居るでしょうね。しかし宗教がなくても人はお日様に祈り、海に向かって祈ります。いまこの世を認識できているという事実に対して感謝をするとき、人は救われます。つまり自分がいまここに居る、と実感したときに人は救われると思います」

「神や仏を信じなくて、そんな気持ちになれるかね」

「宗教を信じた方が、より簡単にできるかも知れません。しかし死の恐怖を和らげるのは、自分をこの世に居させているものに対する感謝の念だけで充分だと思います。人間が作った神や仏はこのとき対価を求めますが、本当の神は何の対価も求めませんよ。御利益を餌にしている宗教は、人間が作ったものです。本当の神は人間が救われようが救われまいが、何にも気にしないでしょうね」

「ふうむ」

　と藤田は深く座って溜息をつく。

「先生は、どうしてそんなことをいえるんだ？　普通は何も考えずに生きているもんだが」

「生きてないからですよ」

と彼は答える。そして大学時代に公認会計士の受験資格がないと書かれた資格ガイドブックを見たときの話をした。生きる道を全て塞がれた彼は生きないという生き方を選択した。

「二十歳の時に私は死んでます。だから癌になっても、どうして俺が、などと思うことはないでしょう。ああ、やっと俺の番が来たかと、感じると思います」

「いや、そんな目にあったら絶対に金儲けをしてやる！　と思うだろ」

と藤田は反論する。彼は藤田がいいたいだけいってしまうまで黙って聞いていた。藤田の演説が終わってから、彼はいった。

「私は日本がなんぼのもんか見てやろうと、ただ、外界を眺めてきただけのことです。私はたまに祈りますが、それはいま、自分がここに居ることに感謝して祈るだけです。救いも求めず、御利益も求めません。自分にこの世を見させてくれている、そのことに感謝するだけです」

ふうむ、と藤田は椅子に深く座って腕を組み、溜息をついた。それから背筋を伸ばす。

「ま、今日は色々とありがとう。先生と話せて楽しかったよ」

そして藤田は立ち上がる。彼も立ち上がり、

「いえいえ、お力になれませんでした」

という。それから、

「息子さんは相続放棄をした方がいいですよ。そうでないと借金を引き継いでしまいます。相続放棄は御存じですよね」

うむ、と藤田は頷く。それから、

「先生、また来てもいいかな。今度は仕事の話ではなく、在日の話とかさ」

「ええ勿論。事前に連絡頂ければ、オフィスにいるようにします」

「ありがとう」

藤田は来たときとは違い、弱々しいがそれでも、しっかりした足取りで帰って行った。

その後藤田は来なかった。噂では、あの後数日して容態が急変し、そのまま死んでしまったそうだ。李長流は彼の冥福を祈った。そして彼の恨みが日本に留まらないことを願った。

泣く女

夜中に血を吐いた。

救急車を呼ぼうかと思ったが、結局は呼ばずに、胃から血のにおいが上がって来るのを感じながら、うとうとと過ごした。妻はまだ戻ってきてなかった。娘は自室に引き籠もっていた。李長流《イチャンニュ》は一人で「死ぬんだろうな」と思っていた。

胃カメラを飲んで、研修医らしいのが慌てている様を気配で感じ、癌に違いあるまい、と思った。死ぬと決まったら、じたばたしたくないと常々思っていた。しかし実際に余命宣告をされたらどうなるかは自信がなかった。一週間ほどして検査結果を聞いた。四十代と思われる医者は厳しい顔で、

「余命一年です」

という。

「手術をした場合の五年生存率は二十パーセントです」

ともいう。遂に来たかと思ったが、不思議なことに〈俺は死ぬ権利を手に入れた。よしっ〉とガッツポーズが出そうになった。医者はじっとこちらを見ている。彼は、

「このまま死にますわ」

と答えた。李長流は今年で六十二歳だった。そろそろ死んでもいい頃だろう、と思った。

医者は驚いた顔になり、

「ご家族と相談されてから決めたらどうですか?」

という。

「いえ、大丈夫です。このまま死ぬことにします」

医者は驚き、少し考えて、

「あのねえ、李さん。どういう状況か分かってますか?」

「ええ、分かってます。手術は受けません。体が死にたがってるんだから、自分も付き合うことにします」

「しかしねえ、李さん、そんなに簡単に結論を出さないで、家族と相談したらどうなんです?」

ふむ、と彼は医者を見た。普通なら助けてくれと医者にすがりつくところだろう。しかし彼には助かろうという気はさらさらない。大学生の時に、公認会計士の試験を受けられないと知ったときから、自分には生きる道など無いのだと思い込んで生きてきた。本当は資格ガイドブックが間違っていたのだが、若かった彼は、活字に書かれたことに間違いがあるなどとは夢にも思わなかった。「やっぱりな。朝鮮人には生きる道などないのだ」と自分を卑下した。

それ以来生きる気力には乏しい。何の希望も持たず、夢も持たず、期待もせず、ただ単に目の前の事象に反応してきただけの何十年かだった。日本は在日コリアンの能力を必要ないものとしてどぶに捨てた。自分はいとも簡単に日本からどぶに捨てられた屑のようなものだと思い込んでいた。

勿論、反応は人によって異なる。今にみてろ、と死にもの狂るいで働いて金持ちになり、日本をねじ伏せようと必死になる人たちもいた。日本が朝鮮人を忌み嫌おうと、自分は自分だと、その才能を開花させる人たちもいた。しかし彼の場合は、父親がいけなかった。

父親は、

「東大を一番で出てもチョウセン人には職がない」

と、ことある毎にいっていた。

彼が生まれて育ったのはいわゆる朝鮮人部落と呼ばれていたコリアンの集落だった。近所には親戚が東大の法学部を出てタクシーの運転手をしている人も居た。だから父親がいったことは事実だった。父親は続けてこういった。

「だからチョウセンは駄目なんだ」

幼い頃からそういわれ続けた彼は父親の言葉を信じた。彼が父親の言葉を間違いだったと気が付くのは大学生時代だった。それまでは彼は父親のいうことを信じて「チョウセンは駄目だ」「朝鮮人である自分は駄目だ」と信じ込んでいた。

東大を一番で出た者に職を与えないのは日本である。責められるべきは日本だった。然るに父親はその事実を以て、チョウセンが駄目な理由にしていた。論理的には整合性が無かった。チョウセンが駄目だといいたいのなら、他の証拠を持って来なければならない。日本がしている不当な取扱を根拠にしてチョウセンが駄目な理由には出来ないと気が付いたとき、彼は父親に騙された、と感じた。そして自分に劣等意識を植え付けた父親を呪った。朝鮮を差別していたのは日本ではない。チョウセン自身だ、と彼は知った。そのために彼は闘わずして負ける人生を歩いていた。

間違った国家資格ガイドを見て会計士の受験資格が無いと知った彼は、生きていけないと思い、死のうかと思った。しかし彼の目の前には生きていけないという現実があるだけで、死ななければならない理由は無かった。生きていけないことイコール死ではなかった。生きていけないことは東大を出ても職が無い、というのと同じ一つの事実だった。それを以て自殺すべき理由にはできなかった。自殺するには自殺に足る理由が必要だった。しかしいくら考えても彼には自殺しなければならない理由が無かった。彼を生きていけなくしていたのは日本だった。ならば死ぬべきは日本であって自分ではない、と彼は考えた。死ぬべき日本に替わってどうして俺が死ななければならないんだと腹が立った。考えた末に、彼は生きない、という行き方をすることにした。生きている間だけ生きて、死ぬときが来れば死ねばいい、と思った。それまで日本がなんぼのもんか見てやろう、と考えた。

適当に生きていた彼を一人の女性が掬い上げた。結婚をし、彼女は生活出来ないから会計士になってくれと彼に命じた。やれば出来た、と彼はそれまで自分にいい、プライドを何とか保っていた。だから本当はできるやつだったと証明したくて会計士試験に挑むことにした。それは父親に対する反撃でもあった。合格して「ほらみろ。お前は、やれば出来る子供たちに自らチヨウセン人だと卑下する心を植え付けて、生きる道を邪魔してきたんだ」といってやりたかった。

最初の年は落ちた。彼は、俺は自分で思っているほど優秀ではないようだ、と知った。二年目に何とか受かった。一日に十三時間勉強し続けて体はボロボロだった。

いぼ痔が肛門から常に飛び出すようになっていたので、彼は痔の手術を受けた。病院から戻り家で寝ていると、心臓にふっと風が通るような感覚があり、体力が急に失われた。

心臓麻痺を起こしたのかも知れなかった。その瞬間外界が今までとは全く異なって見えた。空を見ると、宇宙の中心が自分の中心を貫いていた。宇宙と自分は同じものだと実感した。それから徐々に体力が戻って来た。その過程で脳に言葉が復活した。脳内に言葉を維持するには体力が必要なのだと知った。そして人は網膜に映った像をそのまま見ているのではなく、言葉という偏見のフィルターに掛けてから見ている、ということを知った。言葉のフィルターが無い、網膜に映ったそのままの外界は、全てのものが自分と等距離にあった。言葉とは偏見の固まりだと悟った。そして宇宙と自分が同じものだと実感したことから、人は泥の温泉で泡が膨らんでは弾けるように、魂が入ればこの世に存在し、弾けると元の魂の海に戻るのだと感じた。なんだ、そういうことだったのか、と彼は思った。

自我は自分と他者を分ける。人はその事実を以てだから自分の魂があると思う。それで自分の魂が天国に生まれ変わったり、来世にいい暮らしができるような生まれ変わりを望む。しかし魂は一つだ。日本人も朝鮮人も男も女も人に食われた牛も、それを育んだ草も、土も、全ては一つの魂から出ている。泥の温泉で膨らんだ形が、人間か、牛か、草かという違いでしかない、と彼は知った。自分という自我の存在は自分に固有の、魂の存在を立証する証拠にはならないと彼は考えた。自我はあるが、魂は一つだった。みんな同じ一つの魂の変化形だと思った。そんな魂の実態は科学がダークマターだとか、ダークエネルギーと呼んでいるものかも知れないと、彼は想像した。

宇宙に遍く存在する一つの魂を否定し、特定の魂を望む自我とはなんだろう、と彼は考えた。人は食べたものから出来ている。脳に電流が走って自我というものが芽生える。ということは、自我とは、大根や人参が見ている夢でしかないということか。

診察室を出て会計をするために長椅子に座って待つ。一つ前の長椅子には、黒い服を着たやせ細った女性が、床に膝をついて座席に突っ伏していた。身じろぎもしない。ああ、この人も余命宣告をされたのだろうと思う。「人はいずれ、みんな死にますよ」と声を掛けそうになるが、さすがに不謹慎だと思う。みんな死ぬからあんたも死んでいい、ということにはならない。俺はハイになっていると思う。余命宣告をされて、自分はハイになるという反応が出ただけで、やはりショックを受けているのだと自分で自分を分析する。

死ぬぞ、といわれて、やった、ラッキー、という反応をしているのは、何十年も死ぬ日が来るのを心待ちにしていた、という背景があるからだろう。生きている間だけ生きていればいいと、いつも自分にいい聞かせてきたということもある。彼は淡々と死のうと心に決めるようになっていた。

彼にとっての大問題は、自分を差別しない心を持つということにあった。彼は日本が差別するよりも前に自分を差別していた。だからいつもびくついていた。在日コリアンは差別される以前に、自分で自分を差別する差別者であった。日本の差別をとやかくいう前に自分の差別心を克服しなければならなかった。そうでない限り日本の地で差別されると分かっている本名を名乗って生きて行くことはできなかった。自分を差別するのは相手の人格である。それを受け入れて自分で自分を差別し、日本人の振りをして生きるなら、それは自分の敗北だった。

彼は大学の時から本名を名乗った。父親は、

「どうして差別されるようなことをするんだ」

と、彼を叱った。彼は、こいつには言っても分からん、と父親を評した。それで心の中で答えた。

「差別して貰うためだよ」

そうしてこそ自分で自分を差別しないという形を作り出すことができた。

病院から家に戻る。次女がテレビを見ていた。彼女は大学を中退し、一日中家の中にいる。引き籠もりである。彼は娘に話しかけた。娘はテレビを消す。

「アッパは癌だったよ」

　アッパというのは、父ちゃんという意味である。

「一年で死ぬそうだ。手術は受けない。このまま死ぬことにする。お前は自分一人で生きて行かなければならないわけだが、今の調子だと飢え死にするだろう。生活にリズムをつけなければならないと思う。先ずは午後八時になったら、十分間散歩をしてみるとか、簡単なことから生活にリズムをつけるようにしてみたらどうだ？　待ったなしだよ。俺は一年で消えるよ」

　娘は返事をしなかった。夜中の十二時を回ってから妻が帰ってきた。彼女は韓国舞踊の先生をしている。結婚をしてから本格的に修行を始め、韓国の人間国宝の名取りになった。教えるのが忙しくて家には殆どいない。彼は妻に告げる。

「今日、病院に行った。癌だそうだ。余命は一年らしい。悪いけど、このまま死ぬことにするよ。家のローンは俺が死んだらチャラになるから心配しなくていい。その他のことも困らないように整理をしておくよ」

「本当に癌なの？」

「ああ。進行の速い、たちの悪い奴だそうだ」

「本当なの？」

「ああ、本当だ」

「私も病院に行って確認したい」

「ああ、いいけど、手術はしないよ」

折角死ねるんだ、このチャンスを逃して堪るか、と思う。彼は続ける。

「手術してまで生き延びようという気はさらさら無いからね。ここまでだよ。これで終わりにする」

「私たちはどうでもいいの？」

「どうでもいいといえば、どうでもいいね。死ぬと決まった人間に何ができる？　もがいて生き延びても、入ってくる金よりも出て行く金の方が大きくなるだけだ。速やかに死ぬのが一番安上がりだよ」

「金の問題だけじゃないでしょ？」

「そりゃあ、俺が死んで一番困るのはお前だろう。音楽もビデオも、会報も写真も、お前の裏方仕事は全部俺がしているからな。それをする人間が居なくなったら、お前が一番困るだろうさ。しかし俺は死ぬと決まったんだ。今から代わりになる奴を探して育てるしかないだろう。後任を決めろよ。技術的なことは俺が教えるから」

　妻の舞踊教室では、会報を出していた。それをすべて彼が編集していた。音楽も彼が編集していた。本番は生音《なまおと》だが、練習はＣＤである。そのために音源を加工して、踊りやすいように作り替えていた。これは誰にでもできることではなかった。ビデオも撮れば、写真の管理もしていた。彼の時間の半分ぐらいは、妻のために取られていた。適当に生きていたので、頼まれるままに、何でもこなしてきた。加えて舞踊教室は毎年かなりの赤字を出していた。数少ない生徒の授業料だけでは維持できなかった。それを彼がすべて補填していた。

「困るわ」

　と妻はいう。

「困るだろう。だけど俺は困らない。死んでいくだけだ」

　今までさんざん、ただ働きさせられてきたんだ。もうお役御免になってもいいだろう、と思う。

「私が碌に料理をしなかったからよね」

　と妻はいう。

「さあ、それはどうだろう」

彼は首を捻った。ラーメンやインスタント食品ばかりを食べてきたのは自分である。料理が死ぬほど嫌いだったから、簡単なものばかりを食べてきた。まともな物を食べたかったのなら、自分で料理をすれば良かっただけの話である。そうしないでインスタント食品ばかり食べて癌になったのなら、それは身から出たさびである。

「私がいけないのよ。私が料理しなかったから」

「別にお前のせいじゃないさ。ラーメンや冷凍物ばかりを選んだのは俺だからな」

料理は頭を使う。大変に創造的な作業である。だから仕事をして疲れた頭で、料理など作りたくないのである。それで卵掛け御飯や、ラーメンばかりになってしまう。何も考えなくてもいい、というのが彼の場合は料理で最重要なことだった。料理という、命を生きながらえさせるもののために、頭を使いたくもなかった。長生きをしたいという気が初めから無いのである。彼は生きている間だけこの世にいればいい、としか思ってなかった。それで料理は殆どしなかった。こう考えてみると、インスタント食品を食べ続けて癌になったのなら、それは何十年も掛けた自殺ということになるだろう。死にたかったから、体に悪い食べ物ばかり食べてきたということになる。妻がまともに料理をしていたら、少しは状況は違っていたかも知れない。しかし五年、十年長く生きたからといって、何がどう違うだろう。彼は妻にいった。

「仮に手術をして寿命が十年伸びたとしようか？　その十年の間にしたいことが俺には何もないんだよ。今死んでも、十年後に死んでも、俺には何の変化もない。だから死ぬべき時が、死に時なんだよ」

「孫の顔を見たいと思わないの？」

半年後に長女が子供を産むことになっていた。彼は答える。

「生まれるものは生まれるし、死ぬものは死ぬさ。そんなことをいっていたら、小学校に入るまでは、とか、大学に入るまではとか、死ぬ暇がなくなるよ」

「そうだけど、孫じゃないの」

「孫は孫の人生を生きるよ。その時俺が生きていて同じ時間を過ごせればハッピーだし、いま寿命が尽きるならそれまでということだ」

「どうしてそう、いつも他人事なの？」

ふむ、と彼は首を捻る。

二十歳《はたち》のころ、自分に生きる道はない、と思い込んだときから、すべては他人事である。

なればなるし、ならぬことはならないと思っている。ならぬことを成るようにしようという意欲も覇気も、彼にはなかった。ただ生まれて、ただ死ぬだけのことである。人生に夢も希望も何も持つことを許されなかった在日の末路だ、と思う。

いや、この構造は在日に限らない。日本人でも就職氷河期で何十回、何百回と面接を受けても落とされ続けた若者は、自分の存在を否定されたと思うだろう。そんな若者は、彼と同じような人間になるに違いなかった。存在を否定された者は、自分を守るために、無欲を装うしかないのだ。草食人間となり、性欲も物欲も押さえつけ、この世と距離を保たなければ、自分で自分を無能と卑下せざるを得なくなる。無欲であれば自分を差別しなくてすむ。就職もできない、無能な奴だと自分を罵らなくてすむ。お芝居で始めた無欲でも、何十年も続けていると、やがて本物らしくなっていく。

そんな状況に置かれても生きようともがくなら、保育園の抽選に落ちた主婦のように「日本死ね！」と叫ぶしかない。若い頃の自分は自殺しない理由付けとして、死ぬのなら自分を生きさせない日本の方だ、と考えた。その時彼は叫ばなかったが、それは無欲を装っていたからできたことだった。積極的に生きようとするなら、日本を怨まなければならなくなるだろう。金を儲け、世の中を見返すには、世の中を怨み続けるという膨大なエネルギーを必要とする。しかし彼には、それだけの気力も体力も無かった。

彼はひどい花粉症だった。花粉症という言葉が世間で知られるようになったのは彼が三十五歳ぐらいからのことである。それまで花粉症という言葉を知る医者は少なく、治療もできなかった。

毎年春先になると彼は二週間ほど寝込んだ。体力が無くなると、着ているものが重くなる。服が重くて背中が曲がる。風が頬を撫でるだけでビリビリと痛みを感じ、髪の毛を風が揺らすと生え際に猛烈な痛みを感じた。毎年そのぐらい体力を失っていた。日本を恨むには、体力がなさ過ぎた。健康でないと、恨むという行事にも参加出来なかった。それで会計士の受験資格もなく、日本から飼い殺しにされると知ったとき、彼は生きないという行き方をすることにした。ただこの世を漂って、死ぬまでこの世を見物するだけの人生を歩むことにした。そしてその旅も終わりを迎えつつあった。それだけのことだと思う。自分、という意識があるから、孫の入学式を見たいと思い、天国を望み、生まれ変わりを望む。しかし魂は一つだ。いずれみんな一つの魂に戻っていく。彼は自分という意識が持つ欲で、この世を地獄にしたくはなかった。

妻はいう。

「とにかく分かったわ。手術はしないということね」

「そういうことです」


妻に引っ張られるようにして病院に行き、セカンドオピニオンも、サードオピニオンも得た。生存率に違いはあったが、癌であることには間違いがなかった。彼はいった。

「俺は手術はしない。頑張って生きようという気がないんだ。成り行き任せで生きてきたから、成り行き任せで死んでいくよ」

妻はやたらと料理を作り出した。曰く、癌が消えるスープレシピだとか、癌に克つ野菜レシピだとか、五冊ぐらいの本とにらめっこしながら料理をするようになった。やればできるじゃないか、と思ったが、何もいわなかった。消えていく人間はただ静かに消えていけばいいと考えた。要らぬことをいう必要はない。自分の父親がしていたように、努力している者に皮肉をいって、その者から生きる気力を奪うのは最低の奴だ。

父親は子供たちの希望や夢を叩きつぶしては喜んでいるような人間だった。彼が「学者になりたい」といえば「朝鮮人が学者に成れるわけないだろうが。バカかお前は」と罵った。生きるのが嫌になって「船乗りになりたい」といえば「親を捨てる気か」と、怒鳴った。それから「親孝行をしない奴は人間ではない」と何時間もこき下ろした。「工作を作るための材料を買いたい」といえば「工夫の足りない無能な奴」といい「読書感想文の課題図書を買いたい」といえば「本屋ですべて書き写せばいいじゃないか」と、切り返えしてきた。こちらが言い返せないのを見て、父親は優越感に浸っていた。全くどうしようもない奴だったと、彼はそんな父親の姿を思い返す。

「ねっ、おいしいでしょ?」

と妻はいう。

「うむ、おいしい」

「おいしい、ということに感謝しないと。その気持ちが癌をやっつけるのよ」

打算だな、と思うが、何もいわない。彼はいまこの瞬間に感謝することはあっても、長生きをしたいがために偽りの感謝をしたりはしない。

「まあ、お前と結婚して充分に面白い人生を歩ませてもらったよ」

「そうね。あなたじゃないと私も好きなことができなかった」

「韓国人の男はマザコンだからな。儒教の母親像を妻に求めるような奴だと、お前は殺されていたよ」

「そうね」

「愛は愛する者を殺すんだ」

「だからあなたは愛さないんでしょ？」

「そういうこと」

一つ頷いて彼は続けた。

「俺がお前を愛していたら、常に目の届くところに置いていたと思うよ。踊りをさせず、がんじがらめにして専業主婦になることを求めていただろう。愛は人を殺すんだよ。だから俺は愛さなかった」

「その点はほんと、感謝してる」

「しかしうちの親父は、自分が愛されることばかりを求めていた。碌な奴じゃなかった」

「お父さん、もう、いい加減に卒業したら？」

彼は事実をいっただけの積もりだったが、妻は愚痴と捉えたようだった。

「うむ。まあな」

と、彼は話を打ち切った。

彼は父親を碌でなしだと思っていた。しかし、自分が満足に生きられなかったことを父親のせいにするつもりはなかった。彼は父親が駄目という認識を自分が駄目な理由にする愚かさぐらいは知っていた。認識と価値判断は次元が異なる。多くの在日は「俺はチョウセンだ」と考え、そして「だから駄目なんだ」と判断する。彼も例外ではなかった。のび太が自分をのび太だと考えて、だから駄目なんだ、と嘆いているのと同じである。

ジャイアンは「のび太のくせに生意気だ」といってのび太をいじめる。のび太の話なら理不尽だと分かるのだが、のび太を「チョウセン人」「韓国人」に置き換えると、途端に理不尽さに気づけなくなってしまう。そして「俺は韓国人だから」と萎縮してしまう。

彼は認識事実を価値判断の理由にはできないのに、間違った判断をして、つまりは自分で自分で差別をして、そして自分を追い込んでいた。在日に満足な人生を与えなかったのは日本だけではない。在日自身が持つ差別心の方が大きかった。そしてその原因は在日の頭の中を支配している日本語だった。言葉を超越しないと真実は見えない。しかし普通の人間の頭の中から言葉が消えるのは、死の直前である。体力が死ぬほど失われて初めて言葉を維持出来なくなり、頭から言葉が消える。人はそのとき初めて外界の真の姿を見ることができる。自分が宇宙と同じ存在だったと知ることになる。しかしそう気がついた次の瞬間には死んでしまっている。この世には常に言葉に支配されている人間しか残らない。

人類は自分という意識で地獄を作り出す。

父親は「お前には愛情が足りない」とよくいっていた。「もっと人を愛せ」ともいった。父親のいう「人」というのは、父親自身のことを指していた。人類一般を指していたわけではなかった。父親は家族から愛されることばかりを求めていた。そして子供たちに親孝行を強要した。そうやって子供たちから生きる気力を奪った。

母は日本人だった。韓国人の男と結婚したぐらいだから偏見がなかった。彼は母を見習った。お陰で父親のように周りに毒をまき散らすこともなく、少なくとも妻一人ぐらいは何とか生きさせることができたと思っている。いや、このいい方はおこがましい。彼は妻が生きるのを邪魔しなかっただけだ。助けるところまではできなかった。何とか邪魔にならないようにしてきただけのことだ。次女にも、できれば有意義な人生を生きて貰いたかったが、しかし、すべてがうまく行くことは滅多にないものである。まあ、こんなものだろう、と彼は自分を慰めた。

一月ほどして、監査の仕事に出かけた。そこは女性の会計士のクライアントだった。彼女とは元々同じ大手の監査法人にいた。その時に何度か同じクライアントで働いたことがあった。

会計士の実力は同じクライアントで一度一緒に働くだけで分かる。またその者が作った監査調書を見ても、その者の実力は分かる。彼も大手の監査法人に居たときは、前任者が作った監査調書を見て「どうしてここで突っ込まないんだ」とか「どうしてこの問題を放置してるんだ」というポイントによく出くわした。

そうしたことで、彼女は監査のクライアントを得たときに、彼に声を掛けてきたのだろうと推測した。彼女は元の同僚の何人かの名前を挙げ「あんな人たちとは仕事できないもんね。李さんなら安心よ」といった。以来、十数年、彼女にはよく儲けさせてもらった。

彼は午後の三時頃、彼女を隣の会議室に呼び出した。部屋の電気は消えたままだった。薄暗い中で彼は自分が癌で余命一年であることを告げた。

「ということで、今回の仕事が最後になると思います。申し訳ないですが」

と頭を下げた。すると彼女は大粒の涙をぼろぼろと流し始めた。

「李さん居なくなっちゃうの？　そんなあ。私一人でどうやって、監査をするのよ」

こんなに悲しむの、と彼は感激した。こちらの目まで潤んでくる。彼はそれまで自分が死んでも誰も悲しまないと思っていた。いや、誰かが彼の死をどう受け止めるかなどということを考えてなかった。だから妻が涙を流さなかったことを全く疑問に思ってなかった。しかしいま目の前で女性会計士にぼろぼろと泣かれて、彼は妻のことを思った。あいつはどうして泣かなかったんだろう？　愛してないんだろうな、と納得した。

愛は煩悩である。自分を宇宙の中心に置いたとき、人は他者を愛するようになる。自分を宇宙の中心から外すと、他者に対する感情は共感になる。この場合は、その時々において、その人にとって良いことをするだけである。彼はこれを慈悲と理解した。愛は煩悩であり執着だが、慈悲は共感覚である。愛という言葉を使うなら、その人のためにその人を愛するのが慈悲である。自分のために誰かを愛するのは煩悩の愛である。そして自分を愛する者は、愛する者をがんじがらめにし、自分が愛されていることを確認しないと安心できない。父親は自己愛の強い人だった。だから自分を愛さない周囲の者たちに毒を吐き続けていた。そんな困った父親を見て、愛は害悪であると彼は学んだ。

こうしたことから彼は妻に「愛してる？」と聞かれても「愛してないよ」とか「愛などという次元の低いもので俺を評価しないでくれ」などと答えていた。妻は愛を高貴なものだと思っていた。それで彼から「愛してない」といわれる度に彼と距離を置くようになった。そして彼女は夫が死ぬと聞いても、泣かないまでに冷えてしまったのだ、と彼は理解した。身から出たさびだなあ、と思う。自分がまいた種だ。自分で刈り取るしかない、ともいい聞かせる。

その日の夕方は、もう一人の女性にもこの世のお別れをいいに行くことにしていた。彼女は在日の活動家で、マスコミにもよく登場していた。彼女の会社の経理を見るようになって数年が経っていた。オフィスに行って、

「余命一年ということなので、もうすぐ死にます。経理の方は迷惑がかからないように、信頼できる自分の友達を紹介します」

というと、驚いたことに彼女もぼろぼろと泣き始めた。

「李さん、死んじゃうの？　どうしてぇ。まだ若いじゃないの」

「人の寿命は分からないですよ。医者が死ぬというからには死ぬでしょう」

「だめよ。ちゃんと診断受けたの？」

彼はサードオピニオンまで受けたことを伝えた。

「相談したいこと一杯あったのにぃ」

と彼女は目頭を押さえた。帰り道、彼は満たされた気分だった。自分の死を悲しんで泣いてくれる女性が、少なくとも二人はいる。俺のために泣いてくれる人がいるんだ。幸せ

だなあ、と感じていた。

家に帰り、今日の出来事を話してから、彼は妻に聞いた。

「お前、どうして泣かなかったの？　俺が死んでも別に悲しくなかったの？」

妻は恐い顔でいった。

「私だって泣いたわよ。蒲団の中で一杯泣いたわよ。あんたの目の前で泣いて、取り乱せばよかったの？　そうして欲しかったの？」

「いや、別にそんなわけじゃ」

「私はあんたの知らないところで一杯泣いてたの」

「そうか。それは、すまん」

そして次の言葉は呑み込んだ。迷惑がかからないように、できるだけ速やかに死ぬようにするよ。

彼は体が動かなくなったら、その時は飲食を絶とうと思っていた。十日もすれば死ぬだろうことは色んな情報から分かっていた。できるだけコストを掛けずに死のう、と自分にいい聞かせた。そんな死ぬときまでのコスパを考えている自分を見て、会計士の性だな、と思う。

自室に戻って、遺書を書いたり、ネット銀行のパスワードやその他のパスワード、カード会社の連絡先などを書いている内に、時計は二時を回っていた。

トイレに行こうと自室を出ると、リビングからテレビの瞬きが漏れていた。家が狭いので、妻はリビングで寝ていた。テレビを消そうとリビングに入ると、妻はまだ起きていた。音は聞こえない。テレビの音は無線のヘッドホンで受信している。彼女はヘッドホンを外した。そして首を動かしてこちらを見上げる。彼は声を掛けた。

「寝られないのか?」

「うん」

隣の和室では次女が起きてインターネットをしている。キーボードの音が漏れている。彼は妻の頬をつんつんと突いた。妻は彼のその手を握りしめた。そしてじっと見上げる。彼は一つ頷いて、彼女の手を軽く叩き、自分の手をゆっくりと引き抜いた。愛さないのが楽だよ、と心の中でいう。それからトイレに向かった。

自分には妻の愛を受け止めるだけの度量がない。愛を受け入れれば愛することになり、その結果、父親がそうであったように、周りの者をすべて不幸にするのではないかと恐れている。愛さなければ、他人が生きるのを邪魔しなくて済む。そう信じてクラゲのようにこの世を漂ってきた。しかし妻は愛したがっている。自分はその愛を拒否してきた。しくじったかも知れない、と思う。
彼女が生きるのを邪魔しなかったのは、いいことだったが、それで彼女の心まで満たすことはできなかった。顧客満足度はゼロだったというわけだ、と会計士的に考える。残り時間は僅かだ。今さら何をどう変えればいいのか分からない。このまま今まで通りに生きて、死んでいくしかあるまい、と考えて自分を安心させる。次女のことなど心残りはあるが、まあ、こんなもんだろう、と自分にいい聞かせた。
トイレに入る。小便は妻がうるさいので、大をするときのように座ってする。小便を終え、パジャマのズボンを引き上げた。その時ふと、一茶の句が途中から浮かんだ。
中くらいなり
おらが春
俺の人生、こんなもんだろう。あとは淡々と生き、淡々と死んでいくだけのことだろうと思う。

著者経歴　李起昇

1952年
山口県、下関に生まれる。在日二世。
母親は日本人。母親は結婚後、日本の当時の国籍法の定めにより韓国籍となった。以後、日本人でありながら在日韓国人として生きた。

1971年
福岡大学商学部入学。
日本の大学はサラリーマンを養成するところであって、起業家を育成するところではなかった。失望して、小説家を目指す。公認会計士を目指したこともあったが、当時の資格ガイドブックには「外国籍の者には受験資格がない」と書いてあり諦めた。

1976年
韓国の在外国民教育研究所に言葉と歴史を学ぶために留学。

1976年～1981年
日本に戻り、民団青年会下関支部及び山口県本部の教育訓練部長をした。
言葉と歴史を教えた。女子部長をしていた趙《チョウ》寿《ス》玉《オク》と結婚。

1981年
民団中央本部勤務。

〜1983年
1985年
1986年
1987年
1989年
1990年
1990年〜1995年
1995年
1996年
1999年〜2001年
2000年〜2001年

趙寿玉は舞踊を本格的に習得すべく、一年ほど韓国に留学した。その間李起昇は一人で日本にいて、民団に勤務していた。

「ゼロはん」で講談社の群像新人賞受賞。公認会計士試験に合格。

「風が走る」を雑誌群像に発表

「優しさは海」を雑誌群像に発表

「きんきらきん」を雑誌小説現代に、「西の街にて」を雑誌群像に発表

「沈丁花」を雑誌群像に発表

中央監査法人のソウル駐在員として韓国の三逸会計法人に勤務する。家族とともに韓国で暮らした。

趙寿玉は海外在住の韓国人としては初めて舞踊の人間国宝（重要無形文化財第97号サルプリ舞（チュム）の履修者になった。

趙寿玉は以後、舞踊家として活躍する。

「夏の終わりに」を雑誌群像に発表

公認会計士事務所開業

韓国電子（韓国一部上場会社）の社外取締役を務めた。

民団中央本部21世紀委員会経済部会、部会長を務めた。

商銀の銀行化案を作成し、提言した。

2002年	税理士登録をする。
2004年～2012年	「パチンコ会計」発刊。独立開業してまもなく、パチンコのシステムを勉強する機会に恵まれた。分かってみると会計の専門家は今まで何もしてなかったのと協力してくれる出版社があったのとで、解説書を書いた。パチンコ関連の専門書は5冊刊行した。
2013年	小説の単行本「胡蝶」をフィールドワイから発刊。
2016年	日本の古代史に関する単行本「日本は韓国だったのか　韓国は日本だったのか」をフィールドワイから発刊。天皇家のルーツを解き明かし、日本は朝鮮の派生物ではないことを立証した。
2018年	小説「チンダルレ」をフィールドワイから発刊。
2019年	小説「鬼神たちの祝祭」をフィールドワイから発刊。
2021年	全編書き下ろし短編集「泣く女」をフィールドワイから発刊。

韓流ブームの今にあって、あらためて〈在日文学〉の今日的意義を問う
著者渾身の話題作

小説『胡蝶』李起昇

「自分は日本人よりも先に自分を差別していたと思うのだった。若い頃はそんなことを知らず、日本ばかりを恨んでいた」

在日2世として生まれた主人公・金民基(キム・ミンギ)は、今は年金暮らしで、好きな歴史研究のために図書館通いを日常としている。ある日、声をかけられ知り合う女子高校生。そして、近い年齢による句会の会員らとの交流。別れた妻との間にできた娘と、その子供との出会い……。
静かな生活が、突如、騒がしくなり始める。差別のなかで傍観者の生き方を余儀なくされてきた主人公は過去を思い出し、「今」と対峙する……。

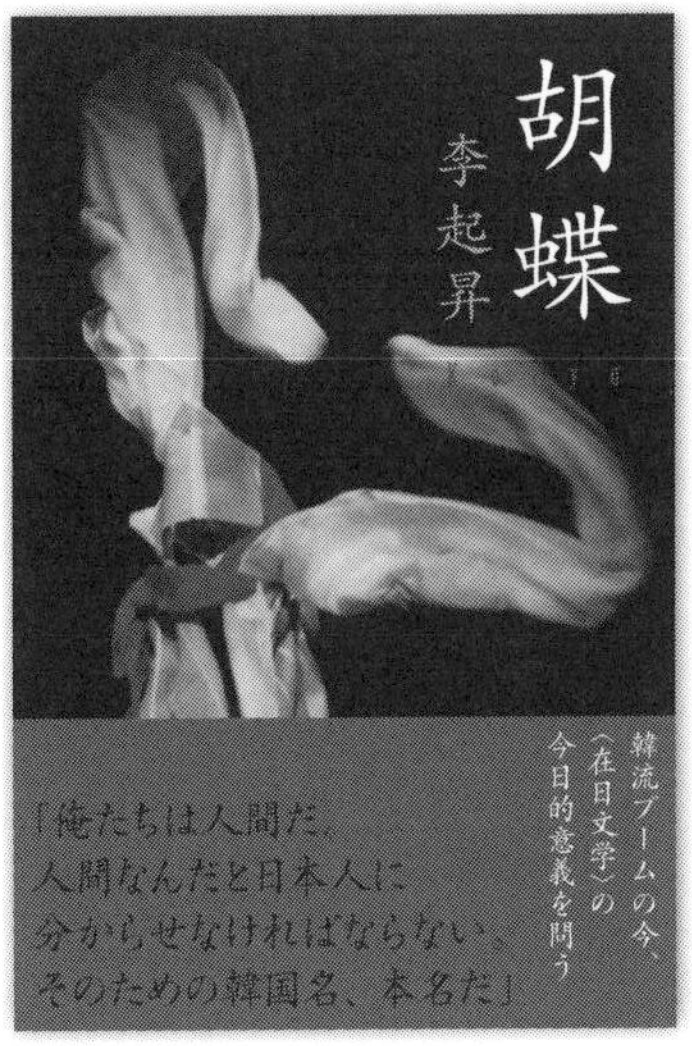

定価:1,760円(本体1,600+税10%)
判型:四六版　総頁数:256
発行:フィールドワイ　発売:メディアパル

日本は韓国だったのか
韓国は日本だったのか

李起昇

反響必至!!

歴史認識問題に一石を投じる話題の書！


ついに明かされる!!

日韓古代史最大のミステリー

韓国人気ドラマ『朱蒙』『太王四神記』で描かれた韓国の歴史と日本の始祖との関係とは？

出雲はナゼ国譲りをしたのか？

日本書紀に隠された嘘と真実

「チンダルレを遠くから見るように、お慕いしていました」

在日は日本のためになる存在でなければならない、と思っていた。日本は外国だ。そこに住まざるを得ない原因を作ったのは日本であっても、住み続けている以上は、日本の利益になる存在でなければならない。そうでなければユダヤ人のように抹殺される。日本を罵る暇があったら日本のＧＮＰを高める事業を起こすことだ。（本文より）

チンダルレ
カラムラサキツツジ（ツツジ科ツツジ属）の朝鮮語名。
朝鮮半島及び中国東北部に自生し、3〜4月に桃紫色の花をつける。
韓国で春を告げる花として、国花の無窮花（ムクゲ）と並び親しまれている。

定価:1,760円（本体1,600＋税10%）
判型:四六版　総頁数:336
発行:フィールドワイ　発売:メディアパル

在日という名の日本人が見た韓国

韓国人の日常に潜む不条理に次ぐ不条理
韓国人の真の姿がいま浮き彫りにされる！

1987年、ソウルオリンピックの前年、在日二世の主人公と兄は、父の遺骨を埋葬するため韓国へ向かう。韓国の徹底した儒教による葬儀のしきたりや日本との文化の違いなど、歴史的背景を紐解く旅で、在日一世として生きた父との苦い思い出がよみがえる。

韓国人は濃い味のものを好む。それは怖らく、水も野菜も、味が濃いからだろうと思う。しかし日本で、韓国でしているのと同じことをしても、おいしいものはできない。野菜の味が違うし、水も違うからだ。彼は韓国に来て初めてそのことに気がついた。日本にいる間の彼は、韓国料理ほど不味いものはない、と思っていた。（中略）韓国に来て彼は初めて、韓国料理とは、こんなにもおいしい料理だったのか、と感激した。そして、一世はまずいと思いながらも日本で韓国料理を作り続けていたのだと知った。生きている間、日本で不味い韓国料理を食べ続けた韓国人の一世は、本当に哀れな人たちだったと改めて思った。常日頃食べる物が不味いというのは、悲劇だと感じ入った。（本文より）

定価：1,760 円（本体 1,600 円＋税10%）
判型：四六版　総頁数：280
発行：フィールドワイ　発売：メディアパル

全編書き下ろし短編集

泣く女

2021年3月8日　初版発行

著者　李起昇
発行人　田中一寿
発行　株式会社フィールドワイ
〒101-0062　東京都千代田区神田駿河台3-1-9　日光ビル3F
電話　03-5282-2211（代表）
発売　株式会社メディアパル（共同出版者・流通責任者）
〒162-8710　東京都新宿区東五軒町6-24
電話　03-5261-1171（代表）

印刷・製本所　中央精版印刷株式会社

ISBN 978-4-8021-3238-1

Printed in Japan